受害者游戏

とがで
きますか

[日]秋吉理香子 著
朱娅娇 译

中国友谊出版公司

图书在版编目（CIP）数据

受害者游戏 /（日）秋吉理香子著 ；朱娅姣译. --北京 ：中国友谊出版公司，2020.12
ISBN 978-7-5057-5024-1

Ⅰ. ①受… Ⅱ. ①秋… ②朱… Ⅲ. ①长篇小说－日本－现代 Ⅳ. ①I313.45

中国版本图书馆CIP数据核字(2020)第219448号

书名 受害者游戏
作者 [日]秋吉理香子
译者 朱娅姣
出版 中国友谊出版公司
发行 中国友谊出版公司
经销 新华书店
印刷 唐山富达印务有限公司
规格 880×1230毫米 32开
6.5印张 125千字
版次 2021年4月第1版
印次 2021年4月第1次印刷
书号 ISBN 978-7-5057-5024-1
定价 39.80元
地址 北京市朝阳区西坝河南里17号楼
邮编 100028
电话（010）64678009

心底藏着恶意，这仇恨深不见底。

1

听见东西摔碎的声音，我回过神来。

陡然一惊，低头一看，本应双手捧着的大盘子一分为二，躺在地上。

那是只简约的白色瓷盘，薄厚适中，用起来很顺手，好盛菜。我喜欢这只盘子，可刚用了三天，就碎了。

盘子原本五只一套。在店里看见时，觉得是有些贵，但买回来好歹可以当餐具，就咬咬牙买下了。东西虽然不起眼，但每天惦记着用，也是种乐趣。

我叹了口气，捡起碎片往纸袋里放，这时，仍旧一身睡衣的丈夫出现了。

“动静可真大。你没事吧？”

“嗯，不要紧。”

“咦，盘子碎了？你很喜欢这盘子，可惜了。”

“还剩三只呢，没事。”

丈夫走出厨房，穿上拖鞋，又立刻折回来，手里拿着吸尘器和胶带。

“我来吧，容易伤手，你放下。”

“不碍事，一起收拾更快些。”

“明白。那咱俩一起来，赶紧收拾完。”

丈夫蹲在我身边，也开始捡。不规则的白色碎片带着莹润的光泽，有的呈圆弧状，留有圆形器皿的影子，有的则十分尖锐，像小碎石。散落在碎片中的东西像被掩埋了似的，呈粉末状。

“真像……”

“嗯？”

“真像骨头啊，白白的。”

丈夫是医生。听他这么一说，我果真觉得指尖拈起之物看起来像某种骨头的粉末。恰在此时，烧制在瓷盘底部的蓝色文字“BONE CHINA”映入眼帘。

“瓷器也叫骨瓷，莫非是因为它看上去像骨头，才这么叫的吗？”

“错。实际上，骨瓷里真的含有骨灰哦。”

“咦？”

我不禁一松手，刚拾起的一大枚碎片又掉了下去。

“骨瓷，翻译一下就是‘骨灰瓷器’。”

“‘BONE’我知道，是‘骨’，‘CHINA’不是‘中国’吗？”

“对，是中国。而且，从中国传入他国的瓷器，似乎本身就叫作‘CHINA’。”

“这么说，骨瓷就是含有骨灰的中国瓷器啦。”

“不是，这可就说来话长了。骨瓷这东西，原本是英国人发明的。”

“这是怎么回事？”

我蹲在地上，抬头看着丈夫。他有些害羞，低头一笑。

“白瓷从中国传入欧洲，特别受欢迎。莹润洁白的光泽令人神往，英国开始加紧脚步制作瓷器，但由于土质的不同，似乎并不成功。为接近中国陶土中的成分，据说，英国人往里面加入了富含磷酸钙的牛骨骨灰，成功烧制出白色质地。也就是说，受中国瓷器的影响、于英国烧制出的陶瓷制品，就叫作‘BONE CHINA’。”

“原来是这样……那，这个盘子里也混合着骨灰喽？”

我看着躺在自己手心里的碎片。不知不觉间，我把人活着就要吃的食物盛在死去的动物尸骨上，又吃又喝——

“既然上面印着‘BONE CHINA’的字样，那就含吧。不过，就算含了，也不代表每个瓷器都能顶着‘BONE CHINA’的大名。国家不同，标准也不同。磷酸钙含量到不了规定标准的话，是不会被认可的。这盘子是英国制造，应该含有35%以上的骨灰。日本的标准是30%，美国好像是25%。”

原来这大盘子里含有三成以上的骨灰呀。

我站起身，从橱柜里拿出剩下的三个，在丈夫的惊讶目光中把这三个跟碎片一起塞进纸袋里。

"为什么要扔？还能用啊。"

"扔了，感觉好恶心。"

我查了查橱柜，看看还有没有标记为"BONE CHINA"的餐具，又找到两个咖啡杯，三个蛋糕碟。我毫不犹豫地将它们都丢入纸袋中，咣啷一声，全磕碎了。

丈夫欲言又止，然而最终，只是微笑着说了句"不想要就扔吧"。

"不过，你对这些事还真了解呀。"

气氛有些不妙，为缓解尴尬气氛，我如此说道。丈夫再次露出害羞的表情。

"刚进医学部那阵子，我对骨骼的形成和成分很感兴趣，学习的过程中，偶然翻看到一些文献，觉得很有趣，不知怎么的，就记住了。"

我想象了一下鼻梁上架着跟现在差不多度数的眼镜、在文献中寻求知识的年轻时的丈夫。

"你可真怪。"

真心话脱口而出。分明不是褒奖，丈夫却耸耸肩，一脸愉悦。

在我磨蹭时，丈夫已把大部分碎片都捡干净，用吸尘器吸过一遍地，又用胶带在地上一下一下地粘着。

"碎片这东西，会飞到意想不到的地方。太阳一照，能吓人一跳，很危险的。"

吸尘器也吸不干净的细小粉末如灰尘般附着在深棕色地板上，仿若真正的灰尘。纸袋里那堆沉重的、毫无章法的白色碎片看上去像骨灰盒里的骨灰一样。

“……不好意思，走开一下。”

我站起身，朝洗脸池奔过去。我倚着化妆台，用颤抖的双手扭开水龙头。空空如也的胃里直往上泛酸水，我开始吐。

反反复复，吐了不知多少次后，终于止住了。我漱过口，抬起头，不知何时起，脸上全都是泪。

我忆起那被烧得惨白的骨头和骨灰。

丈夫的骨灰。

我现在的丈夫，不是英雄吗。

前夫才是忠时。

把大部分骨头装进骨灰盒后，银色大托盘上只余下些细细的灰，令人难以置信。锻炼得很好的强壮躯体从火化炉里出来后，只剩一副弱不禁风的骨架。我颤抖着，心想，这就是他的人生遗迹吗。

还有那气味。

那独特的、带着热气的、烧焦了的味道……

我又忍不住开始吐，鼻腔中仿佛残留着那时的味道。

目睹打心眼里爱着的人的尸骨。

闻着被灼烧过的骨头味。

还有什么事能比这些更残酷？我不知道。

“绘里，怎么了？没事吧？”

走廊中传来关切的呼喊。

“没事。”

我尽量用明快的声音回话，又把满脸泪水洗干净。镜子里映出一个土里土气的三十岁女人。看了叫人乏味的波波头，长度到下巴那里，眉毛没修过，单眼皮，小鼻子小嘴。

我从镜子后的小柜里拿出眼药水，滴进充血的眼睛里。我离不开这种能够收缩血管的眼药水，因为一想起忠时每天都要哭好几回，而且，不能让英雄知道这件事。

确定充血状态缓解得差不多后，我回到厨房。不可燃垃圾都收在了塑料袋里，用胶带封了口。旁边放着茶色纸袋，上面用粗粗的记号笔写着“器皿碎片”。

“谢谢。”

厨房里没了丈夫的踪影，我转头朝和室里喊了一声。估计他在换衣服。

“我要出门啦。今天基本都在附近转，不骑车了，走着去。”

果然，推拉门后传来丈夫的回话声，还有轻微的衣物摩擦声。

“那可太好了。”

我开始准备早餐。

煎鲑鱼块，热味噌汤，把饭盛好。米饭、味噌汤和一条烤鱼，每天如此，雷打不动，再加一小碗天天都会换的副菜。今天做的是牛蒡炒胡萝卜丝，加干辣椒段炒成甜辣口味，装盘时撒点芝麻。恰在此时，换好衣服的丈夫过来了。

“好香啊。”

丈夫坐下，双手合十后，开始吃。我也盛了一小碗菜放在桌上，在他对面坐下，拿起筷子。

“嗯，果然好吃，真香。”

丈夫边嚼边说，每次都夸我。新婚伊始，他这是在尽礼数，我明白。不过，说饭菜好吃应该不是瞎客气。我本来就喜欢做饭，还在餐馆里给厨子打过下手。

“这年头还有人大清早的就做两个菜，你可真厉害。”丈夫一脸愉悦，又客气地说：“不过，不用每天都这么费事。”

“不费事呀。”

“挺花工夫的吧？早上起来，你也怪忙的。”

“没事，我喜欢做饭，你不用放在心上。”

这是真心话。做做饭，心里就不烦闷。脑子能放空，心情也放松。对我来说，做饭是一种解脱。

有人说，没有爱情就做不出美味佳肴，有了爱意就能每天琢磨出复杂的菜品。于我而言，两者皆不是。在餐馆里，面对既不认识也不知其经历的客人，我能做出很多菜来。我是为自己而做，不是为他人。因此，对方爱吃也好，不爱吃也罢，我都能机械式地维持一定的水准，做出好吃的。

没错，即使恨一个人，我也能做。

“偶尔偷个懒，没问题。就是只给一片面包，我也照吃。”

“不嘛，我乐意。你的健康问题最重要。再说，只要你吃着香，我就心满意足了。”

丈夫边吃边羞涩地垂下眼睑。这个人性格腼腆，容易害羞。

“总觉得挺不可思议的。我能过上这样的幸福日子，真是做梦也没有想到。”

我打算避开这卿卿我我的气氛，倒了杯茶放在桌上，说句“我去晾衣服”，走出厨房。

从临近浴室的洗衣机里掏出洗好的衣服，再抱着它们去院子里晾。

炎炎夏日，空气热得像能灼伤人一样。分明是早上，太阳已相当刺眼，脑壳都要被晒化了似的。

要是戴顶帽子就好了。我有些后悔，又觉得回去拿麻烦，遂作罢，晾起衣服。

展开丈夫的 T 恤时，我忽然停住手。忠时都死了，我却在这里给别的男人做饭，给别的男人晾衣服。我有种错觉，仿佛眼下的一切都是一场梦，仿佛只要一回头就能看到忠时在冲我笑。

可是，他已经不在人世了。

我咬着嘴唇，忍住泪水，又动起手起来。弯下腰朝装着衣服的篮子伸出手时，无意间，我的视线落在了灌木丛中。

一个白白的东西带着满身黑色肥料，滚落在矮牵牛和长春花的根部。那是鸡蛋壳，之前当作肥料埋下去的。说起来，这东西跟埋在土里的骨头还挺像。

衣服都晾晒完后，我赶紧往鸡蛋壳上多撒了些肥料。即使白白的东西已看不见，我还是用颤抖的双手又添了一层土，仿佛要把那驻扎在脑海中的、挥之不去的忠时的骨头全部掩埋。

可是，不管怎么努力，它都会飘上来，像从沼泽里翻上来的死鱼一样。

忠时的骨头。

他那上半部分已支离破碎的头盖骨——

快要晕倒了。这时，大门那边传来一个声音。我深吸一口气，稳住自己，站起身来，走进客厅，又来到大门口。丈夫正在穿鞋。

“今天陪原先生做透析，会耽误到很晚，晚饭他会请我吃，你不准备我那份也行。”

“知道了，路上小心。”

T恤加长裤，丈夫这身打扮，着实不像医生，鼻上架的黑框眼镜倒多少带些知识分子的气质，除此之外，都很普通，是个随处可见的大叔。脑袋上有白头发，也不染，因此，看着要比四十二岁这实际年龄再老些。不胖不瘦，中等身材，既不帅也不丑，没有值得一提的地方。

“病人不会对不起眼的人有所警戒，这是好事，还有，白大褂基本不能穿。大概因为小时候的记忆太深刻，即使上了岁数，好多人还是那么讨厌白大褂。”

所以，做上门问诊的专业医生时，丈夫才会边笑边对我说“这身打扮让人放心”。

他拎起水泥地上的垃圾袋和纸袋，又拿起出诊箱。两只手都满了，看起来很难再去开门，于是，我也穿上拖鞋，下到水泥地上，去给他开。

“谢啦。哇，今天也好热。”

“我来，”我先他一步走出大门，帮他按住门，“慢走。”

“嗯，我走啦。”

丈夫轻轻抬了抬拎着垃圾袋的手，出了门。

他的背影看上去有些僵硬。我知道，他意识到了我在看他。登记结婚，住在同一个屋檐下，这才过了三天，他还不习惯我目送他出门。

丈夫把垃圾袋放在垃圾收集区域，回过身，隔空指指我，用口型示意“快回去吧”，我也用口型回他“好”。这三天，我们每天都这样你来我往。

丈夫再次迈开步子，频频回头。每回一次头，我就一脸微笑，冲他挥挥手。我始终目送他向前走，直到他拐过街角，再也看不见他。

2

丈夫的身影刚一消失，微笑便从我脸上陡然消失。我立在原地等了一会儿，确定丈夫不会折返后，关门、落锁、扣上U型防盗扣。

走进客厅打开电视，电视上正在播放晨间节目“杂闻秀”——由电视艺人担任解说者的一档节目。节目中穿插着时事新闻播报、搞笑艺人做菜的环节、时下流行的美食大搜查和娱乐八卦专题，内容安排得恰到好处，通俗又轻松，以家庭主妇为目标收视人群。

我总是开着这档节目干别的事，就算丈夫突然回来，也能扮演好一个闲适的家庭主妇。

伴着电视发出的动静，我给面向庭院的客厅拉上窗帘，关上和室的推拉门，拉开老式柜橱的抽屉。

银行存折、养老金手册、养老金定期通知单、信用卡明细等物一股脑儿地塞在抽屉里，我把这些掏出来，一个个、一页页拍照，用自己的手机拍。按理说，做纸质复印件更易于阅读，但考虑到可能会被丈夫发现，还是留电子版更安全些。

存折涉及七家金融机构，结转前的旧存折都各自保留了下来，粗略一数，各金融机构的新旧存折有十来本，每页都拍，相当费时费力。有些页面上的字迹印得太轻，看不清，为使后加上的手写标记也清晰呈现在照片里，必须时不时调整光线的角度。尽管麻烦，但任何一页都不能掉以轻心，说不定哪个细节就暗藏着什么玄机。

翻开存折、用书本左右压住、按快门——这些做下来，比想象中费事。昨天只拍了三家银行的，不知今天能不能把剩下几家的存折也拍完。

警察来电告知忠时的死讯，已是一年半前的事。

时间已过午夜，但忠时来过短信说要晚归，我也就放心地跟着网络英文课程学习了一整晚。

几乎不怎么响起的座机响起。

只听这声音，心里就咯噔一下。毕竟是这个时间打来的，拿起电话前，心里便充满不详的预感。

电话是警察打的。我立刻坐上出租车，朝警局奔去。

位于地下的、简陋的太平间，被白布覆住的台子，无数次在电视剧里看过这些场景，看过死者家属掀开白布认清死者面容后放声痛哭的场面。如今，换作自己，却怎么也无法相信这是真的。

在男警官掀开白布前，我已开始放声大哭，并试图扒住一位女警官，好不容易才让自己站稳。我想，认出那张脸后，我会晕过去。可是，男警官只把白布拉开一半，拉到胸部那里，不让我看脸。

“脸部……不大适合给您看，”男警官一副难以启齿的模样，“能不能通过身体上的某些特征来辨认？”

“为什么不能看？”

看死人脸是件可怕的事，可一旦不能看，心里又忽然忐忑起来。

“这个嘛，”两位警官飞快地对视一眼，“因为死亡原因是……坠楼。”

“坠楼……？”

遗体是怎样一个状况，能想象得到。我就快瘫倒在地了，女警官赶忙扶住我。

“能行吗？通过身体上的某处特征……”

男警官带着歉意进行催促，我重新把视线移回台子上。忠时全身赤裸，白净的皮肤已转为黑青色，双腿直挺挺地伸着，像两条木桩，惨白的荧光灯下，腿毛黑得瘆人。

希望这是位陌生人——我边许愿边拉开距离看过去。腹部下方，一道线形伤疤陡然引起我的注意。忠时身上是有做盲肠手术留下的痕迹，这样看来，尸体果然是忠时。

不，不对……我把飘远的意识拼命往回拽，盯着尸体左手看。无名指上空无一物。

“这不是我丈夫！”我高声喊道，“我丈夫戴着结婚戒指，这个人没戴。”

“……是吗，这样啊。”男警官点点头，随即，陷入沉默。他似乎很肯定这具尸体就是忠时。

“再确认一下随身物品，好吗？”

依言望去，钱包、手机、车钥匙等物都摆在那里，我不禁惊叫出声。我叫，不是因为皮夹子上染满鲜血，是因为这钱包是我送给忠时的礼物。不仅钱包眼熟，毫无疑问，摔烂的手机和扭曲的车钥匙也是忠时的东西。

“是您先生的吗？”

我答不出什么，只会尖叫。是与不是大概已一目了然。男警官道声“您辛苦了，完事了”，女警官几乎是架着我走出门，陪我来到走廊上。

“没事吧？在这里坐一下。喝点什么不？”

依稀听到这类问话，可不管传入耳中的声音还是映入眼帘的事物，桩桩件件，感觉都很遥远，皮肤上的触感也丧失了。上半身全凭女警官撑着，皮肤上却像覆了一层厚厚的橡胶，几乎感受不到任何东西。

我接过饮料，在走廊长椅上坐了一会儿。之后，被带到另一间屋子里，警察问了我很多问题。最后一次见忠时是什么时候？之后有没有再跟他通话？他有没有什么反常行为？有一堆疑问的、想发问的人是我啊——我满心疑惑，边抽泣边一个一个给出答案。最后一次见忠时是在今早，下午发过短信说要晚归，没什么反常之处。大致回答完毕后，我问了个一直都很在意的问题。

“请问……我丈夫究竟是在哪掉下去的……”

“公寓阳台上。”

“……公寓？”

“嗯，谷本町那个。”警察用我必然一清二楚的口吻回道。

“我丈夫去了谷本町？为什么？”

“这话问的……那间屋子是您先生租的吧？”这次，满心疑惑的是警察了，“我们查过那间屋子的租借人，是您先生。”

丈夫和我住的是产权公寓，不仅是二手房，还是三居室——虽然谈不上宽敞。夫妻二人有这样的房子住已是绰绰有余，没必要再租其他房子。

见我懵了，警察道声“失陪一下”，走了出去。再进屋的是位老警察，没穿警服，穿的便装。刑警模样的男性在我面前坐下，开始问话。

“您先生在外租借其他公寓的事，您不知情，是吗？”

“是，因为没有租那个的必要啊。请问，会不会是搞错了？说不定只是名义上帮谁签了字。”

“我们问过公寓管理员，证实过，那间屋子的确是您先生在用。”

“怎么可能呢……”

“从房间状况来看，似乎被当做办公场所。”

“办公场所？我丈夫在公司里上班，这不可能。”

“您先生在哪里任职？”

我从钱包里摸出丈夫的名片。就放了一张，随身带着，以备不时之需。

“哦，‘安间制药’啊。”

安间制药是大型制药企业，在那里上班，对丈夫而言，对我而言，都是一种骄傲。

“是的。”

“但是，唔……”

咕哝了一句后，警察又小声说了句“真奇怪”。我没有听漏。

“怎么奇怪了？”

“呃……我去去就来。”

刑警出去后，很快又拿着张小纸片回来了。

“太太，您先生是不是在搞副业？”再次坐下后，他问道。

“副业？没有，我丈夫不搞那些……”

刑警将那纸片放在我面前，是张名片。

（股份有限公司）Eternal Partners

董事长　川崎忠时

公司名很时髦，但看不出是做什么业务的。下面一行印着丈夫的名字。

“在您先生钱包里发现的。”

“……从来没见过。他什么时候搞了这种名片，我——”

“天亮后，我们会去他任职的公司问问看，说不定是在为出来单干做准备？”

一定要形容的话，丈夫是那种有野心的人。跟同一时间入职的人相比，他有尽快出人头地的欲望，会加入派系主动站队，且坚持不懈地应对难搞的上司。凭着这份努力，他是那群同事中最快升为课长的人。的确，有心独立出来单干并非不可思议之事。只是，他从来没跟我商量过，这令人无法释然。

“您先生有没有表露过烦恼？比如有负债——”

“等等，该不会……你们认为他是自杀？”

“这倒不好定论。眼下，我们必须把所有可能性都考虑一遍。”

“忠时他……我丈夫是个坚强的人，他不可能自杀。再说，他根本就没什么烦恼，工作很顺利，婚姻生活也——”

面对极力争辩的我，刑警温和地打断我的话头。

“我明白。刚才我也讲过，眼下必须考量多种可能性，一个一个进行核实。接下来会朝发生意外或被人谋杀的方向——”说到这里，刑警急忙刹住车，“总之，我们的工作就是进行全方位的调查。”说完，他干咳一声，像在做补救。

然而，“谋杀”这种刺耳的词汇像魔物一般粗暴地舔舐着我的耳膜，内心升起一股不祥的预感，浑身直起鸡皮疙瘩。

“对了，您今晚人在哪里、都做了些什么？”

“一直待在家里。”

“有人能证明吗？”

“一直在网上学习英文课程来着。”

“哦哦，这样啊。”

刑警刷刷下笔，记录下了什么。

“该不会，你们是在怀疑我？”

“没有没有，就是走个形式。我们很清楚，太太您不在现场。您先生坠楼的时间也很明确，多位住户都听见动静了。目击证人也有。您先生是一个人。”

“有……目击证人？”

“是啊，就是那人报的警。”

“是那人说，现场只有我丈夫一个人，没别人？”

“是的。”

所以先朝自杀这条路上考虑，是吧。难道真是这样？——不可能。疑惑涌上心头的同时，我又强烈否定了它。不相信自己的丈夫，这怎么行。我打起精神，只说了一句话：“我觉得，如果不是自杀，那就是一场意外。”

“这个嘛，也难说……”

刑警忽然口风一转，含糊起来。几天后，我才明白他为什么会这样。

因为那位目击者兼报警人成了嫌疑人，被警方逮捕了。

轮流注视手机屏幕和被拍照的对象，眼睛很疲劳。我停住手，眺望远处。这时，“杂闻秀”里的节目无意间闯入我的眼帘。

因藏毒被捕的演员站在某个警局门前，面朝一大群媒体，正深深地低头致歉。字幕解说刚好插入，称因关键性证据不足，警方对其进行保留处分并无罪释放。沐浴在狂风骤雨般的镁光灯中，这位演员一身憔悴，但表情很安然，仿佛在说“这下尘埃落定了”。

我清晰地忆起英雄被释放时是什么情景。那案子很受瞩目，因此，许多媒体都在现场。英雄一个人应对，没有律师等人的陪同。他看上去憔悴不堪、一脸温顺，但坐进出租车前那一刹那，我似乎看到他的嘴角勾起一丝微笑。

那天，隔着电视机屏幕，我只能咬着下唇，盯着从法律漏洞里轻而易举地逃脱的英雄。

盯着这个杀了我最爱的丈夫的男人。

3

作为嫌疑人，其照片第一次出现在我面前是什么时候的事来着？……印象中，是忠时死后的第四天。

无法接受忠时已死、大睡特睡时，警方来电话了。一直不让我领回忠时的遗体，本以为这次来电肯定是找我去办领取手续，对方却说有事要谈，打算到家里来。

要谈什么呢。

万一确定他是自杀——

警察到来前，我心情沉重，湿乎乎地出了一身汗，恶心。我已经失去了忠时，眼下，我的精神支柱只有“明确指出他并非自杀”这一条路。

我出门迎客，到访的两位警察一瞧见我，顿时一惊。两只眼又红又肿，整张脸已然浮肿，可由于没吃饭，只有两颊消瘦得凹陷下去。水也不好好喝，就算喝过，胃也不接收，又吐了出来，因此，皮肤丧失水分，干得起皮。

为缓和气氛，两位警察各自报上姓名。年轻的叫镰田，上年纪的叫吉冈。我隐约记起，吉冈就是之前在警局跟我对话的刑警。

我把二人让进屋内，带到客厅。刚从走廊迈进客厅，就听到身后传来倒吸一口凉气的声音。

垃圾散落在各处，晾晒过的衣物直接扔在地板上，穿过的衣服和袜子脱下来就往沙发上一扔。客厅隔壁的饭厅中，保鲜盒盛着的饭菜和鲜切水果摆在餐桌上——虽然至今未曾与邻居有过来往，但住在同一层的人们或许已看过新闻，给我送来了这些——然而放置太久，食物已腐烂变质。本想多少补充点营养，给自己倒了杯牛奶，可只喝了一口。牛奶像豆腐一样凝固成了块状，散发出恶臭。

这时，我忽然想起自己一直没洗过澡。头皮上全是油，头发脏兮兮的，卷成一团。穿了好几天的家居服飘着一股淡淡的酸臭味。不过，对我而言，什么都无所谓了。

“请吧，随便坐。”

话虽如此说，可并没有什么空间能让人坐下。最终，二人避开扔在沙发上的报纸、杂志和传单一类的东西，找出点干净地方，落了座。我朝他俩对面的单人沙发里一坐，对扔在沙发上的衣服视若无睹。

“见过这个人吗？”吉冈迅速掏出张照片。

一个从未见过的男子。长相打扮没有明显特征，除眼镜外，整张脸平平无奇。

“没见过，不认识。这男的怎么了？”

“作为杀害您先生的嫌疑人，我们把他抓起来了。”

我吓了一跳，又看了看照片。就是这男的害了我丈夫？不，比起这码事——

“我丈夫是……被人杀死的？”

若说是自杀，结论叫人难以容忍；说他是被人杀死的，同样令人大受打击、浑身发颤。

“我们是这样认为的。”

“可是、可是……”

这男的是谁？有什么目的？为什么盯上我丈夫？

我有一肚子话想问，但一个字也吐不出来。像是察觉到这点，镰田说话了。

“此人名叫久保河内英雄。有没有听您先生提起过这个人？”

久保河内，真是个怪名字。要是听过，肯定忘不了。

“没听他提起过。这人是干什么的？”

“在 X 市立医院上班，是个医生。”

“医生……？”

我又看了看照片。大概是忠时在工作上跟这医院有接触，这人是医院里的医生吧。

“可他为什么会把我丈夫给——”

“还在调查中，不过，我们的着眼点是，可能涉及金钱纠纷。”

“金钱……是指敲诈勒索之类？”

“不，不是这个类型……是诈骗。”

“医生搞诈骗？滥用社会信用去骗人，这种人真差劲。肯定是我丈夫注意到了这个人搞诈骗，才被他杀了，是吧？太过分了……”

眼泪不禁夺眶而出，我泪流满面。足足四天的眼泪，咸咸的，干巴巴的脸颊越发感觉到刺痛。

“啊，不是，这个事情吧……”

镰田和吉冈对视一眼。镰田轻咳一声，说话了。

“有件事，想先问您一下。太太，您先生从公司辞职了，这您知道吗？”

“……咦？”

我边用纸巾擦眼泪边看了看他俩。

“从公司辞职？我丈夫辞职了？”

“多半是这样。上次您给过名片，我们就按照上面的联系方式去核实，发现您先生已经按公司要求提前离职了。”

“提前离职，意思是……被解雇？”

“具体情况我们就不清楚了。”镰田含糊其辞。

“什么时候的事？”

“说是半年前。”

这不可能。忠时每天都出门上班，生活费也切实交到我手上，一如既往。

“会不会弄错了……”

“不会。我们亲自走了一趟，拿照片给公司核实，才得知这一情况。”

“我不信，因为我……”

“听说安间制药已被外资收购，公司结构发生变化，好多人都按要求提前离职了。我们问过，您先生也在名单里头。”

“收购……怎么会有这种事……”

“这么说，您对此事不知情？”

“当然。因为我丈夫每天都会出门上班啊，生活费也……”

大脑缺乏营养和水分，拒绝思考。趁我一时无语，吉冈身体前倾，一副好戏才刚刚开始的架势。

“离职后，您先生并没有什么金钱上的不便，是这样吧？”

“当然没有。我家的房贷仍在顺利偿还，忠时给我的生活费还多了些呢，说是公司发了临时津贴。”

“哦？”吉冈眼睛一亮，捕捉到了什么。

“不过，现在想来，他是在一点点掏空自己这笔补偿金。他不想让我担心，想让这种安稳日子……”

最后几个字淹没在我的眼泪中。

“骗子盯上了这笔钱，对吧。到底是怎么骗的？”

“设投资骗局。”

很好理解。

为了让我过得好，就算被解雇，忠时依然每天努力维持生活，可这笔钱总有用完的时候，他可能想了很多办法，想要钱生钱。

跟我商量一下多好啊。他就是这样一个人，在我面前从不叫苦，总是那么坚强——

“医生搞诈骗，不要脸。”我口出恶言。

“不，太太，实际上，受害者是久保河内。”

“咦？他不是嫌疑人吗？你是说，他也被人杀了？”

“不不，不是这个意思”，吉冈干咳一声，“他是被诈骗的那个。”

脑子没转过来，我只是呆呆地望着吉冈。

“设投资骗局搞诈骗的——太太，是您先生忠时啊。”

时间过去多久了呢。

好半天，我心头一片茫然。两位刑警也纹丝未动，一直注视着我的反应。

“这不可能……”

我终于开了口，但，仅止于此。说完这句，我又语塞了，思维停止转动。

眼泪止不住地往下掉，喉咙里却口干舌燥。

“这么说，您对设局诈骗的前因后果并不知情，是这样吧？”

“我当然不知道了！”

这措辞，好像我也是骗子似的。我不禁瞪了他俩一眼。

“可是……”吉冈一副难以启齿的模样，“您先生涉嫌诈骗他人钱财，这是有证据的。”

证据——即使听到这两个字，我还是不能相信。丈夫死了，接受这件事已让我感到痛心，他们还要宣称忠时是罪犯，这让人愈发怒上心头。

然而，目睹一脸严肃的二人流露出那样的眼神，自信心便摇摇欲坠。能让身经百战的刑警们如此确信，这证据——

“在案发现场，也就是那间公寓里，我们发现了这个。”

他俩在久保河内英雄的照片旁又摆了一沓照片，是宣传手册的封面，近距离拍摄。拿起一看，封面上书“多姿多彩的未来”这几个大字，配以国外还是哪里的优美风景图。后面的照片应该是手册里面的内容，里面是这么写的。

○想不想成为水源的主人？

瑞士的阿尔卑斯山脉是享誉盛名的水源地。

想必不少人都曾购买过产自瑞士的矿泉水。矿泉水富含钙元素和镁元素，虽然是硬水，口感却非常温和，它的特点就是口味甘甜。

矿泉水市场依托于全民健康饮水的热潮，市场份额呈现逐年扩大的迹象。不夸张地说，关心身体健康的人必定也在饮水问题上有所挑剔。

能够参与到未来持续成长的市场中，是种什么体验？能够共享水源地，又是怎样一种体验？

弊社已取得阿尔卑斯山脉一处新水源的采水权，特此推出让利活动，将该权利让渡给个人，邀您成为我们的合伙人。机会难得，何不趁此良机成为我们的个人合伙人？

出资金额 二十万／股

只看一遍，就感觉内容相当可疑。后面的照片看着像封底，封底上印着公司大名 Eternal Partners 和公司地址——与忠时死时持有的名片上印着的信息一模一样。

我不知道该朝哪个方向思考才好，脑子里一片空白。

“忠时的房间里放着这样的宣传手册？”

“是的。经调查，公司并没有办登记手续，所谓‘采水权’也无从考证。”

“为一个不存在的采水权做独立合伙人的，就是这位医生，是吧？”

“不，其他人也被采水权这一套给骗了。”

“其他人”，听见这字眼，我不禁扔下照片，抬头望向刑警们。

"意思是，被骗的不止这个人？"

"是的。事实上，申诉状数量很多，都是针对您先生的，请看后面的照片。"

一张一张看下去，照片大同小异。宣传手册结构相同，不同的只有文字和图片。水源地改成茶园，又改成鱼类养殖场，不变的是招募出资者、让其成为公司的共同合伙人这一目的。再看下去我会更心惊，于是，我把剩下的照片扣在膝盖上。

"您先生应该是迎合对方感兴趣的东西来更换手册，募集资金。"

"这……"

我脸色惨白，手脚发麻，没看完的照片尽数散落在地板上。其中一张照片吓了我一大跳，那是个黏糊糊的红玩意——内脏？

"这是……"

"这是心脏。"

"心脏？难道忠时连这东西都卖？"

我破罐破摔，开起了玩笑，刑警们却一脸认真，点点头，"没错。"

"啊？不会吧……"

镰田捡起另一张照片，递给我看。那是个奇形怪状的装置，插着半透明的管子。

"这是人工心脏。您先生向久保河内医生提议，说要开发人工心脏，并接受了对方的投资。"

"人工心脏这种超出范围的东西……普通人不可能开发得

了啊！”

“对，所以才说……这明显是诈骗。”含糊其辞说出前半句的是镰田，干脆断言接上后半句的是吉冈。

“突然来访，我们也觉得很过意不去。对于您先生的死，我们深表痛心。但是，为了查明真相，还请您多多帮忙。”

两人一齐低头行礼。我终于明白过来，不管我怎么否认，忠时涉嫌诈骗这件事都是雷打不动的事实。我猜，这四天里，为避免不小心刺激到我这个死者家属，他们彻底搜查了本案的证据，获得铁证后，才来找我。

“会不会——”

见一直在愣神、始终沉默不语的我开口说话，两人身体前倾，生怕听漏了什么。

“会不会是有人把忠时拖下水？这件事应该有主谋。”

“具体细节还在调查中，但目前看来，您先生应该是单独犯案。”

“怎么会——”

“根据那些人提出的申诉状和久保河内的证言来看，除您先生之外，他们没接触过任何人。”

“就算是这样，也不一定代表他没同伙啊。”

“我们从那间被当做工作室的公寓里查抄出了电脑和手机，经过分析，除跟被害者有过来往，没发现您先生和谁有过往来迹象。此外，收到的钱也从未转出过。”

这些事，忠时独自一人——

“被骗金额……大概有多少呢？”

“三十万、五十万这种小额有三单，久保河内那单则是——三千万。”

我睁大双眼。这么高的金额，足以成为杀人动机。这个认知，瞬间将我拉回现实。

“这么大一笔钱，忠时他……”

“是。这钱的确汇入过您先生的户头。”

“什么时候？”

“半年前。”

这笔钱，是不是变成了我俩的生活费？

“这个人，”我抬抬下巴，并不想喊他的名字，“认罪了吗？他承认杀害我丈夫吗？”

“不，他否认了。一开始，我们把他当成报案的目击证人，听取了他的证词。得知他跟您先生认识且被您先生骗过钱后，我们开始怀疑他。事发前，有人目击到他俩在公寓附近的居酒屋内发生争执。我们也在您先生出事的那间屋内找到了久保河内的指纹。吵完架后，第一个走出店门的是您先生。为杀害您先生，久保河内尾随其后来到屋内——我们是这样认为的。不过，这说法缺乏证据，只是种推测罢了。”

“楼里的监控摄像头没把他拍下来吗？”

“很遗憾，那是老式公寓楼。电梯倒是有，但只要走楼梯，就拍不到什么。”

“这样啊……”

“久保河内的目击证词很含糊，这加深了我们对他的怀疑。一开始，他说忠时先生是从阳台掉下去的，但从现场勘查的结果来看，他是从其他窗户摔下去的。”

镰田拿出一张照片，是个陌生的房间。乱糟糟的宣传手册——估计就是刚刚看过的那种——堆了一大摞，桌上摆着笔记本电脑和打印机，墙边只有一个小小的书架。光秃秃的房间。

眼见这种光景，我却有些开心。他没坐在女人堆里，真好。比起搞外遇，搞诈骗反倒正经些。我能有这种想法，估计脑子已经不好使了吧。

“您先生租的那间是拐角房，东侧带阳台，北边有个腰窗，窗外是个放置空调室外机的小露台。我们已经弄清楚了，腰窗窗框和室外机上都有摩擦过的痕迹。和目击证词一样，您先生并不是从阳台跌落，而是从腰窗那边掉下去的。”

镰田说完，吉冈接了话。

“就这个问题盘问久保河内时，他的证词就变了，说是并没有亲眼看见忠时先生越过小露台的栏杆，赶过去时，您先生已然跌落在楼下，于是，直接联想到上面的小露台，仅此而已。即是说，他承认自己撒了谎。”

“为什么要撒这个谎？”

“我们认为，他可能把忠时先生的死看成了自杀。把一个人从阳台上推下去，尤其是男性，即使下手的人同为男人，也相当困难。按这点考虑，人从小露台上掉下去，简单得多。”

“没有其他目击证人吗？”

“没人目睹跌落那一瞬间，不过，因为动静很大，同层的住户出来瞧过。当时，有住户看到忠时先生的样子后吓到腿软，还说不一会儿后久保河内不知打哪里冒了出来，跑过来搭话。据说，久保河内出现的方向是公寓正面的大门口，所以，不排除他推落忠时先生再下楼的可能性，也不排除他并未撒谎而是从别处过来的可能性。只不过，鉴于本案情况复杂，怀疑久保河内是凶手也是顺理成章的事，加之他有作案动机，我们就将他刑事拘留了。虽然本人否认自己犯罪——嗨，哪个罪犯会承认自己杀了人呢——我们还是会继续调查，用确凿的证据给他定罪。”

“那……我丈夫搞诈骗这事怎么处理？”

“立案，并在给检察官递上去的文件里写明嫌疑人已死亡。”

“明白了。”

或许我的表情很不安吧，吉冈语声温和，说道：“太太，集中精神关注久保河内这边的情况吧，我们一定会挖掘出真相。”

如有进展，会再和您联络，说完，二人告辞离去。

警察走后，我拿出一袋冷冻意面，放进微波炉里解冻，狼吞虎咽地吃完了。还喝了好多苹果汁，像补偿这几天失去的水分似的。

接着，我不紧不慢地洗了个澡，僵硬的肌肉在热水的作用下舒展开来。

我知道，杀害忠时的家伙还活着，所以，不能再过行尸走肉般的日子。我一定要让久保河内承认他杀了人，让他接受法律的制裁。虽然很是讽刺，但这种愤怒给了我活下去的动力。

洗完澡后，仔细吹干头发。并不打算出门，但还是化了妆。上身套件亮色长衫，下身配白色裤子。人肯梳妆打扮，意志也会更坚定，这是属于我的战斗方式。

接着，我把厨余垃圾收拾好并拿到阳台上，叠好衣服，大致收拾了一下客厅。即使用上了吸尘器，还是累得够呛。完事后，我坐在沙发上，打开几天没动过的电视。

漫不经心地换台时，突然，电视里传来“千叶县A市谷本町某公寓男子坠楼事件”等语，看着像新闻节目，女主播端坐在那里，神色古怪，我连忙调大音量。

“……警方已将嫌疑人——一位居住在市内的男性市民刑事拘留。身故的川崎先生也被怀疑曾参与投资诈骗活动。警方认为，川崎先生与嫌疑人曾发生过某种纠纷，导致事件发生。”

新闻都出来了？

我一脸愕然。这时，门铃响起，我吓了一跳。

大堂处的公用对讲机传来陌生男人的脸部特写，从穿着上看，不像快递员。正准备按下开锁键时，仔细一瞧，这人身后站着不少人，人们推推搡搡，挤来挤去，时不时能瞧见话筒和相机之类的器材。

……媒体记者们！

新闻播出前，细节肯定已在媒体圈子里传开了。忠时坠楼身亡一事被当成本地新闻来报，本地报纸也刊登过，那时，没有一个记者跑上门。得知死者可能跟诈骗活动有关，一个个的，倒是全凑上来了。

门铃还在响。他们扯着“报道自由”的大旗，对人毫不留情。

很快，门铃声变了。楼下公用大门处的门铃声和户主专用门铃声不一样。眼下，被按响的是专用门铃。聚集在公用大门外的那群人尚未按下公用门铃时，另一撮人恐怕早已盯上了其他住户，人家出出进进时，这撮人便趁机混进来。

对讲机画面中，男男女女挤作一团。

“您在家吧？”“请接受我们的采访！”——门外开始直接喊话。

两种门铃声轮换着响，监控画面也交替着显示。不一会儿，公寓管理员出现在公用大门那头，看上去是在赶他们。估计他们一样会马上冲上楼来。

“投资诈骗的事跟您有没有关系？”

“被警方逮捕的嫌疑人同时也是受害者，对吧？您对此有何看法？”

“诈骗额高达三千万，这事我们知道得一清二楚。请出来露面，好好说清楚！”

隔着大门，不客气的话语层出不穷。我血气上涌，怒不可遏，一把拉开房门。

“请你们离开！我丈夫是被杀的那一方吧？杀人犯才是恶人！这还用问吗！为什么要苛责我丈夫？！去声讨犯人啊！”

话音未落，闪光灯扑面而来，毫不客气。相机快门声如蝉鸣般此起彼伏，回响在公寓走廊中，像密集的阵雨。话筒和相机向门内涌来，我连忙关门，可强行往里闯的记者们用腿顶着，不让我关。

“您丈夫没有过错，您是这个意思吗？”

“对，我是这么认为的。”

“宣传手册您看了吗？性质相当恶劣呀。”

“我不懂那个。喂，请不要拍屋子里头！”

这时，公寓管理员赶到，驱散了这群记者。我赶紧关上门，落了锁。隔着门，我听见管理员说“非法入侵民宅会被人告的”，对方则肆无忌惮地回“我有亲戚住在这里”。从猫眼往外看，被管理员轰走的记者们一个接一个地进了电梯。

终于安静下来，我松了口气。慢悠悠地回到客厅后，我关上一直开着的电视，往沙发上一躺。刚才那番应对，着实消耗人。

电视柜上放着的相框里，身着晚礼服的忠时正面带微笑地看着我。我们没办婚礼，而是去照相馆照了一套婚纱照。忠时身边那个穿白纱裙的人就是我。我俩凑在一起，笑容非常灿烂。

“我会保护你一辈子，因为在这个世界上，我俩只有彼此可以依靠。”

这是他的求婚宣言。此后，他信守承诺，一直在护着我。为了让我感到自由，他努力工作，拼命赚钱，让我生活得安安稳稳。

虽然“在这个世界上只有彼此可以依靠”是种浪漫的比喻，但它并不算言过其实。事实上，我俩的确都没有家人。

"只要你在我身边，我就满足了，咲花子。"

忠时的声音又在耳边响起。

咲花子——那是我的本名。

4

生我养我的这片土地，是栃木县的乡下。两岁时，母亲病死了，务农的父亲把我当能干活的男丁养。

小学五年级时，父亲被肇事逃逸的司机撞死。这地方到处都是农田，几乎不设路灯。有天晚上下暴雨，父亲丢下一句"担心地里，我去看看"后，便再也没有回来。

遗体似乎倒在来往的山路上。隔壁种水稻的邻居面无人色，跑到我家来报信，我才知道。

尸体周围和父亲身上都有胎痕，很明显，他是被车轧死的。被车撞飞时，他运气不好，脑袋重重磕在一块巨大的石头上，当即死亡。

"刮着台风，司机看不清楚路吧。"老巡警说。

村落很小，本以为很快就能抓到犯人，然而，完全没有这个迹象。就算逼问巡警，也只会得到"我们会好好查明"式的推脱，话题被岔开。

不久后，情况就明朗了。抓出犯人，等于出卖伙伴，所以，警察才含糊其辞。

“我们做过很多调查，包括胎痕之类。不是这一带的车。既然是偶然路过的车辆，再查下去也不会有什么头绪。”

就算和我说这个，我也不可能认同。

在父亲的葬礼上，我来回观察参加葬礼的人都开了什么车，一辆接一辆地看。不可能看出什么来，但对十岁左右的孩子来说，能做的，唯有这些。

“咲花子，不要把乡亲们当犯人。撞死你父亲的，是外边的人。”

父亲的哥哥严厉地责备我。大伯也在这个村子里务农，他担心被大伙儿排挤，说不定，他还盘算过如何将父亲遗留下来的农田和耕地高价卖给别人。

“再说，大伙儿不是都很疼爱你吗？”

的确，母亲死后，可以说，我是被村子里的村民养大的。放学回家时，父亲还在田里干活，家里没人，我就在别人家里吃点心、写作业、洗澡、吃饭，受过各式各样的关照。接受过村民的帮助，这是事实。

然而，我也为此感到痛苦。到处都是父亲母亲式的人物，被他们看着不说，受过关照，自然就得还人家人情，干些除草、看孩子、打扫牛棚之类的活儿。而且，在封闭的村子里，上岁数的人就算说话全是歪理，也得听他们的。父亲被撞死这件事也是，我能感觉到全村人都在向我施加压力，无言地对我说，这个村子里没有凶手。

无人在意一个孩子的主张，最终，犯人就这样销声匿迹。

对于这件事，我至今都非常悔恨。

大伯说要领养我，但我坚决说不。我已经完全不信任大伯，也不想再在这个村子继续住下去。

父亲有个姐姐，嫁到东京郊外去了。我跑出村子，去求这位姑姑，希望她能收养我。她家很小，还有两个调皮捣蛋的男孩要操心。姑姑的丈夫似乎对我并没有好脸色，但他们还是答应了我，说可以照顾我到高中毕业。

正式搬到东京、转入公立小学后，由于这里跟乡下学校授课方式不同，我立刻掉队了，且因为我是高年级转校生，很难融入已经成型的群体氛围中。我本来也不是积极钻营的性格，于是，直到毕业，都不怎么合群。

升上公立中学后，我交了几个朋友，但她们很快就不上学了，我又开始独来独往。也曾有过休学的念头，但想着这样很对不起姑姑，便下定决心要坚持，每天都去上课。

念到初中三年级时，姑姑对我说，你喜欢哪所高中咱就进哪所。为让我继续住在她家，她还成功说服了其他亲戚们。

“念私立高中也可以。死者家属能领养老金。公立高中也好私立高中也好，好像都设了就学支援金制度。父母出车祸死了，遗孤还可以申请无利息奖学金。”

姑姑用属于她的方式关心我，查过不少政策。

不过，我选的路是搬出姑姑家，边上定时制高中边在能提供住处的地方打工。

姑姑是个和善的人，但我那法律上的姑父同我相处得并不好。再说，那俩捣蛋鬼儿子也进入了青春期，我很担心。身着睡衣时，为避免乳头的形状显露出来，必须穿紧巴巴的胸罩，也不能往厕所里的架子上摆生理用品。想穿吊带和迷你裙，但还是放弃了。这样的生活，简直窒息得要命。

初中一毕业，我立刻找了份在公司食堂里打工的活儿。员工宿舍里一应俱全，还能免费吃饭，这很吸引我。白天给厨子打下手，晚上去定时制高中上课。食堂和学校周末都放假，我又找了份兼职，在一家意大利餐厅给厨子打下手。

初次一人独住，感觉自己要放飞了。不需要顾忌他人，想穿什么衣服就穿什么衣服，想吃什么就吃什么。看电视，看DVD，想看什么就看什么。从来没想过洗完澡后可以只穿内裤就晃来晃去，在自己的房间里，就可以不成体统地、悠闲自在地过日子。并且，我开始用化妆水和身体乳。

搬出来前，姑姑一直给我提供少量零花钱，一个月一万日元，手机费也包含在里头。有了工作后，扣除每月的住宿费、饭费和自己那份要缴的电费煤气费，手上能剩十万左右。在当时，这是令我心跳不已的巨款。我第一次买了化妆品，买了一整套稍微有点贵的洗发水和护发素，买了新内衣，还到处淘春装。美发店也是，每个月固定去。

获得自由后，整个人忽然变得娇媚起来。厨房里不允许带妆或做美甲，一到晚上，我就精心打扮，去学校上课。那副样子，在班上挺扎眼的。学生们年龄各异，职业也五花八门，看着像小混混一样的、不好惹的男男女女有之，但像我这样打扮入时的女孩，班上真没有。

不过，没有最好。我想让人看看化了妆的、用心打扮的我。同时，我变了。我已把村子里的那个自己和之前上学时独来独往的自己抛诸脑后。

在定时制高中里，学生会慢慢减少。开学典礼上有一百多人，此后，每到周末，就有五个、十个不来上课的。

忠时入学时，学生只剩三十个左右，而且，他来的时间段不上不下，正好在放暑假前。

他大我两岁，那年十八。不过，他也是从高一念起，所以，跟我分在一个班里。

忠时沉默寡言，几乎不跟任何人说话。上课时昏昏欲睡，集体活动也不参加，可只要被老师点到，什么问题都能完美地做出回答，每次小测，都能拿满分。有传言说，他之前似乎在读重点中学。

头发染成金色，两条眉毛却浓黑浓黑的，很不协调，还故作炫耀般在一边耳朵上戴耳环，一看就是所谓的“初中老实仔高中扮不良——头一遭”，令人痛心。不知怎的，我在他身上看到了自己的模样。

他住在摩托车用品店里，是那里的学徒，管修车。他总是骑那辆擦得亮亮的摩托来学校上课，别人不过碰一碰这摩托，他就火冒三丈。这样的性格，自然会被人孤立。我却禁不住在想，为何连这种粗暴的行为举止，看上去都像弱者发出的恐吓呢。

跟忠时产生对话，机缘来自一件小事。上完课准备回家时，我走出校门摘下胸卡，正要把它往包里塞，手滑了，没拿住。他正站在停车场，给那辆摩托摘下U形锁，好巧不巧地，胸卡滚到了他面前。

“你叫川崎？听着跟摩托车牌子似的，”他捡起胸卡递给我，笑了一下，“而且，‘川崎咲花子（Kawa saki sa ki ko）’这念法，不是‘咲’了两回嘛，怪里怪气的。你爸妈给你起名时，应该多考虑考虑。”

“川崎是我姑姑的姓，她收养了我，我父母已经死了。”

上定时制高中的学生身上都带着故事，但再怎么说，也不会有人十六岁就死了父母，对话应该这样展开——一方随口问“来上定时制高中，没跟父母打声招呼吗”，另一方答“我爸妈都不在了”，一方心生歉意赶紧道歉“啊，抱歉”。所以，当时，我是为了让这装成恶人的男孩子不好意思，才故意那么说的。

然而，他的回答是“哦，这样啊”，语气淡然。

“不觉得惊讶吗？”

“不觉得，因为我家也这样。”

“咦？你家也……？”

自己倒惊讶起来，我有些不甘心，补了句“另外，我父亲是被车轧死的，没找到犯人”，他还是没什么大反应。

“哦。”

“你家什么情况？”

“强迫一家人跟着他死。”

“啊……？”

“我爸是开公司的，经营不善，据说跟不好惹的地方借了一大笔钱。有一天，说要带全家人去兜风，我们就跟着去了。不知什么时候被他下了安眠药，再睁眼，人已经在医院。他把车从里面封死，烧了煤。一个跑步锻炼的人偶然经过，看见这情况，报了警，只有我被救活了。”

淡然又流畅的口吻，简直像在读小说简介。

“这是……真事吗？”

“这么沉重的话题，能拿来开玩笑吗，上过新闻的。”

“啊，也是，抱歉。”

本想让对方不好意思，自己反倒不好意思起来，我沉默了。

“街坊邻居投来白眼，一直在上的高中也不得不退了，生活变成一团乱麻。被亲生父亲下手弄死，这叫什么事儿？所以，我半点都不信任人类这东西。”

粗暴又尖锐的口气。然而，在我听来，这话更像是悲痛的狂叫，他在说“我真的好想去相信某个人啊”。

“不再上学和来这里上学，中间这段日子，你在干吗？”

“在少管所。”他还有点自豪，昂首挺胸的。

“啊？犯了什么事？”

“‘是我是我’电话诈骗。”

“……太恶劣了。”

“跟你说，邻居里有个老头子，特别烦人。摆出一副和善的面孔接近小女孩，再下手摸她们，一被人呵斥，就装傻充愣，所以，我盯上他了。老头的儿子儿媳受不了他，搬走了。弄清这点后，我就装成他儿子给他打电话，说自己挪用公款，快兜不住了，让他准备三十万。还跟他说，朋友会去找他拿。”

“然后呢？”

“第一次成功了，但第二次被抓了。老头子在电话里装作被骗，实则老奸巨猾，报了警。我就说嘛，他根本不傻。”

我被他逗笑了。

“可骗人终归不好，对吧？”

“缺钱嘛，我有什么办法。”

“老爷爷后来怎么样了？”

“大致把他猥亵女孩子的情况跟警察说了一遍后，警察说要加大巡逻力度，也不知兑现没有。嗨，反正这事也与我无关，我本来就是图钱，钱到手就行。”

忠时再次冷笑一声。那个侧脸，有种强行扮洒脱的感觉。

“你这人吧，可真别扭。”

“啊？”

“明明人不坏，硬要装出一副恶人相。我觉得，你是在通过这种方式来报复社会。”

“说什么呢你。”

“你原本是又乖又认真的性格，对吧？你就不适合染金发、戴耳钉。还有，耳洞是不是最近刚扎的？我看你戴的是原装耳钉。”

被我揭穿后，忠时立刻用手指挡住耳垂。原装耳钉是用来固定耳洞的，打上后，一个月之内都不能摘，耳针部分很粗，跟款式时髦的耳钉截然不同。

“少用什么都懂的口气说话。”忠时威吓我。

可是，我一点都不怕他。

“我就是懂，”我斩钉截铁地说，“我懂你，因为你跟我很像。”

忠时第一次面对面地正视我。

“我也很讨厌自己的过去。现在，我拼命跟过去划清界限，想要改变自己。不这样，就觉得自己又要遭遇不幸，很害怕。要是落入更大的不幸，肯定再也不会兴起爬上来的念头。就会想，干脆从这个世界跌落下去，死了算了。所以，我很努力。改变自己，人就能朝前走。你不也是这样吗？”

忠时什么也没说，直勾勾地看着我，沉默了好长一段时间后，他只嘀咕了一句，“你家住哪儿？”

“嗯？桥野站附近。”

“我送你回去。”

“你送我……骑摩托？”

“对。”

他把挂在车把上的头盔摘下来扔给我。

“那你呢？”

“我有。”

他掀开摩托车座椅，又拿出一个头盔。

“之前，头盔被人偷过，我一定会在这里放个备用的。”

果然是个认真的人呐，我心想。

他把头盔戴好。我这个是把下巴都包在里面的全盔，他的是只包住脑壳的半盔。

“我戴备用的就行。”

“不行。不罩全会有危险，毕竟你是女人。”他生硬地说。

我试着戴上头盔，闻到一股淡淡的发胶味。仔细一想，这头盔他天天都戴，由于是全盔，嘴唇部位也贴到了我的嘴唇上。然而，不可思议的是，我并不觉得讨厌。

“喂，把下巴那里扣好。”

照他所指的地方摸过去，是有根带子。我不知道系法，慌里慌张地瞎扣。他“嘁”了一声，说句“真拿你没办法”，手指抚上我的脖颈。

隔着头盔，他的脸贴得非常近。头盔后面，细长的眼睛凛然生辉，鼻梁挺直。一头金发看着不怎么样，导致五官被忽略，其实，他长得很帅。

戴着头盔视野狭窄，只能看见他，四周的声音被遮蔽，世界上仿佛只剩下我们两个人。

“抓紧了！”

帮我扣好头盔后，他跨上摩托，抬抬下巴，示意我坐在后方。我暗自庆幸今天穿了牛仔裤，笨手笨脚地跨坐在他身后，搂住他的腰。引擎发动时，巨大的响声和震感在身体中驰骋。

开起来后，速度比我想象的快，我连忙抓紧他。我怕得不敢睁眼，只能咬紧牙关，一动不动，生怕从车上掉下去。

好歹适应了之后，我战战兢兢地睁开眼，夜晚的景色在飞速倒流。霓虹灯、建筑、车辆、行人，转眼间就被抛在后面。风鼓起 T 恤，发丝在风中飘扬，简直像和他一起化作了风。

搂着他的胳膊和胳膊紧贴着的前胸处传来他的体温，忽然，我有种感觉，觉得只要和这个人在一起，就能够一路前行。

飞速移动中，过去的一幕幕如眼前的景色般接二连三地掠向后方，我一心只想往前看，只想放眼未来。

不想和他分开。

想一直跟着他飞驰下去，去往海角天涯——

可是，二十分钟后，车就开到了我的宿舍前。心里还带着未消化的、和风儿融为一体的高涨情绪，我从摩托上下来，解开头盔上的带子，摘下头盔递给他。忠时摘下他的半盔，收在座椅里，又戴上全盔。我心里咯噔一下，这不等于间接接吻吗。

“咦？”

忠时把护罩推上去，目不转睛地看着我，随后，噗地一声笑出来。

“我说，你眉毛没啦，头发也压平了。”

“咦！”

我急忙往后视镜前凑。他说的没错，用眉笔精心描画过的眉型晕开了，卷好的头发也彻底没了型。

“讨厌，真掉了……”

忠时瞅了我好多次，哈哈大笑。我觉得很丢人，但忽然意识到这是第一次见他笑，便不再计较。

"你啊，"笑了一会儿后，他说话了，"你说我不适合染金发不适合戴耳钉，你不也一样吗。"

"嗯？"

"你不化妆更好看些。"

第一次有人对我说这种话，我身上忽地热起来。他大概也觉得不好意思，刷地一下把护罩拨下来，遮住眼睛。

"再见啦。"

他粗鲁地单手挥了挥，发动摩托。

迈数在上涨，引擎声也越来越大。仿佛与它们有了共鸣一样，残留在心里的鼓动带着余韵，心像针扎一样痛，我喘不过气来。

目送摩托车尾灯消失在黑夜中，我知道，自己已经喜欢上了他。

不久后，我俩开始交往。

"咱俩在一起，就是'哈西'。"有一天，忠时这样对我说。

"'哈西'？'bridge'吗？桥？啊，是指'两岸虽然相隔很远，但中间有桥连接？'"

"不是啦。"

"我懂了，你是不是想说，咱俩注定会在桥上相遇？说法还挺浪漫的。"

"不是那意思。我说的是'筷子'啦，吃饭时用的那个'哈西'。"

"咦？为什么？"

"一人一根地单着，就没法用，两根凑成一双，筷子才有存在价值。”

“真不知道你这比喻到底是浪漫还是不浪漫。”我笑着说。

玩笑归玩笑，但我的确觉得我俩得互相依靠才能活下去。两个人一起朝人生伸出手，第一次觉得能够抓住独自一人所抓不住的东西。缺少任何一方，我俩都不完整，所以，我们总是形影不离。想搬到一起住，但实现不了，因为我俩上的班都要求住宿舍，又都没有去哪里租房住的经济能力。

“我要去大公司上班。”有一天，他对我说。

“咦？你不是说，想当修车师傅吗？”

“是这么想过，不过，摩托就当个爱好，暂时保留吧。”

“明明那么喜欢……”

“在我们这种店，很难转成正式员工。”

“可是……”

“我想让咲花子你过得好一点。”

他握住我的手。经常接触洗衣粉和消毒液，我的手很粗糙，严重皲裂，甚至到了手指伸直就要流血的地步。

骑上摩托、摆弄摩托时，忠时总是一脸幸福。满身油渍地修理它时，忠时总是怜爱地望着它，温柔地检查它出了什么毛病，像在抚摸女性。有时候，我看了都会产生些许妒忌之情。

摩托车是他的生存意义。为了我，他放弃了。

快毕业时，他把头发染回黑色，开始找工作。工作固然该找，但想要成为正式员工并不是件容易的事。然而，忠时在毕业前真的拿到了内定，还是去大型制药公司上班。

“刚好碰上人力资源部来学校招人，干销售，头衔好像叫MR，医药代表。听着挺威风的。”忠时很高兴，笑着说。

一入职，他就租了间公寓。我把工作辞了，开始和他同居。之后，一起去照相馆租了婚服，拍了朴素的结婚照。忠时跟了我的姓，姓川崎。他说，“你都改过一次姓了，再改一次，怪惨的”。我心想，川崎这姓和摩托车牌子一样，跟了我，不是挺好的吗。

入职后，他努力工作。写下药品的名字、成分、效果，再背下来，走遍大大小小的医院去推销，不厌其烦地加班。只有高中学历，公司却肯雇他，所以，他很看重职场上的人际关系，年中和年末从未忘记馈赠礼品。上司慨叹一句“我家孩子不是学习的料”，他还能把每门课的要点归纳成册，送给对方。

“你这工作劲头，挺有昭和味道的。在我们那个年代，像你这种员工，我们称之为‘企业战士’。”上司笑着说。

就这样，他被提拔成开发新药的负责人，还加了工资，大胆地买下一套公寓房，虽然是二手的。

他这么努力地生活着，却……

警察说，忠时半年前就辞职了。那正是我因为流产而抑郁的时期。所以，忠时没有向我挑明情况，可能是想一个人承担烦恼，决定做点什么。

突然，我想起忠时参加过医保，就用他的账户登录网站去查，看是什么情况。果不其然，全都退掉了。

已经被逼到这种绝境了吗……

要是忠时能活着，我宁愿把房子卖掉，回到一贫如洗的生活——如此重要的时刻，我却没能陪伴在他身边。

都怪自己不中用。我孤身一人，在宽阔的客厅内放声大哭。

5

手机的来电铃声把我从回忆中拉回现实。

我赶紧循着甜腻又慵懒的钢琴曲找到自己的手机。*Gymnopédies*——这是英雄的来电铃。

给手机设这个，还是头一遭。以前，座机的来电，包括手机的铃声，我都用系统默认的。可是，自打接到忠时已死的电话通知，一听见电话铃响，我就怕得缩成一团。现在，我给英雄设了这首 *Gymnopédies*，其他人一概设成鸟鸣声。

选 *Gymnopédies*，是因为这是忠时唯一能弹下来的钢琴曲。一听见这首曲子，我就想起买不起钢琴进店瞎逛时，用不熟练的指法在店里钢琴上弹出这曲子的忠时。

手机被压在坐垫下面，好不容易才找到，我按下接听键。

“啊！喂？绘里？抱歉，忙着呢？”

陷在回忆里，心态完全回到了咲花子。被人喊作“绘里”，一瞬间，反应都迟钝了。没错，我是绘里——我告诫自己。

“没有，不碍事。怎么了？”

“想跟你说，原先生的透析做得很快，所以，六点应该能回家。”

“知道啦，那晚饭能在家吃了吧？想吃什么？”

“只要是你做的饭，都好吃，你决定吧。”

“说说，中午打算吃什么？”

“天热，估计吃碗天妇罗荞麦面。”

“明白，那晚上不做天妇罗。”

“简单做点什么就行，真的。今天都热成这样了，你在家好好休息。回头见，挂了啊。”

“嗯，好。”

我按下挂断键，挂断电话。

打开冰箱一看，没什么像样的食材。本打算在家里悠闲地晃悠一天，要准备晚饭的话，就得出门买菜。我不禁叹了口气。

附近有超市，但今天是周一，在远点的超市买够三千日元以上的东西，前两百人就能以十日元的价格换购一盒鸡蛋。看了看表，刚过十点。现在赶紧出门，没准还能赶得上。

我把掏出来的存折等物照原样放回抽屉里，稍稍补了补妆，出门了。

烈日暴晒，阳光仿佛在啃噬皮肤。即使撑着阳伞戴着帽子，依然觉得全身上下都包裹在热气中，要被晒化了。

步行约二十分钟，终于走到了超市。一进门，舒服的空调冷气裹上身，缓过来了。入口附近堆着各种价格实惠的商品，不过，得先去搞定鸡蛋。汗还没消，我就朝超市里头匆匆奔去。

鸡蛋货架分好几个，有机鸡蛋和品牌鸡蛋旁，一个货架上贴着这样的广告标语——“鸡蛋之日星期一！购满 3000 日元可 10 日元一盒进行换购！前 200 位每人限购一盒”。货架已基本空了，只剩下零星几盒。我赶紧拿起一盒，放进购物篮，又逛到肉、蔬菜、加工食品区，来回转悠，想看看有没有贴减价标签的商品，就是昨天没卖完的那种。

我是全职太太，生活费自然由英雄一个人出。刚刚生活在一起，还不了解英雄对金钱上心到什么程度。不过，交往时他就没让我掏过一分钱，他应该不是那种大声喊着要看家庭收支记录的人。新婚生活刚开始那天，一起去店里挑选日用织品和餐具时，他还慷慨地说“想买什么就买什么”。

坠楼案发生后，英雄被所在的医院开除，现在只能以专家身份提供上门问诊服务。不知道他一个月能赚多少钱，但他始终是医生，不愁赚不到钱。

这样看，伙食费似乎并没有必要节约到这个地步，更别提为一盒鸡蛋走二十分钟的路，或是在超市里找贴减价标签的食物。

可是，有的男人结婚后会在金钱上啰哩啰嗦。不至于要检查收支记录，但伙食费开销变大时，可能会抱怨。无论男女，谈恋爱和结婚后都会对金钱的态度产生变化。

英雄会变成哪一类丈夫，尚属未知。他也有可能去观察我是怎么花钱的。眼下，我必须小心，要尽量压低伙食费。为了将婚姻生活维持下去，必须让英雄认为我是一个生活简朴的妻子。

想选保质期长一点的牛奶，我把它从货架里头往出拿。这时，有人撞了我一下。回头一看，一个两三岁的小女孩正高声嚷嚷着，跑开了。

“不好意思。”

孩子的母亲低头致歉后，赶忙追上去。小女孩挣脱母亲，又朝我跑回来。她满脸笑容，双手张开，向我猛冲过来。

我下意识地朝小女孩张开双手，我想抱抱她。小女孩的笑容感染了我，我也不禁朝她绽出微笑。

然而，小女孩直直地穿过我腋下，跑过去了。

“爸爸！”

小女孩飞奔而去，投入我身后一位男子的怀抱。看来，那是她父亲。

他爱怜地抱起小女孩，小女孩被逗得咯咯直笑。

“又跑，不是说了不要乱跑吗！”母亲边斥责边回到他俩身边，三个人继续买东西。

趴在父亲怀里的小女孩紧紧抱住父亲的脖子，对上我的眼神后，挥挥手，和我说再见。

我望着这幸福的一家三口，一动不动。流产时，我失去的就是女儿。这样的一家子，就是我没能拥有的三口之家。

环视四周，类似的家庭比比皆是。大多数人似乎没费多大力气便拥有了它——再普通不过的幸福。对我而言，超市这样的生活场景非常刺眼，几乎使人头晕目眩。

我单手拎筐，呆立当地，不停地搜寻忠时、我、我们的女儿的幻影。

在款台付完账后，我来到打包柜台，把吃的往袋子里装。

从打包柜台处望去，款台附近的货架上，香烟、口香糖、干电池等商品被摆放得易于拿取，一目了然。再往前看，周刊杂志也排成一排。为吸引眼球，标题都用浮夸的红色或粉色，触目惊心，反而叫人看都不想看一眼。

一年半前，触目惊心的标题描述的是忠时和我。

“妻子也知情？不为人知的共犯”“丈夫没有错！妻子的主张令人惊讶”——回想起来，全都是不愉快的标题。

自那帮媒体攻上门来，周刊杂志都把读来刺耳的标题摆在封面上，每天如此。他们给我的照片眼部打上黑色直线，也登了出来。

那天，想着不能一直哭哭啼啼、好不容易换了衣服化了妆，就被拍了。“丈夫刚死没几天，妻子就不管不顾地身着光鲜亮丽的服装，还描眉画眼。家里全是奢侈品，满得都堆到大门口了。妻子威风凛凛地站在奢侈品堆里，歇斯底里地叫喊‘请你们离开！为什么要苛责我丈夫？！去声讨犯人啊！’”——除照片外，还附上充满恶意的文章。大门口的地垫和拖鞋上偶尔印了 YSL 圣罗兰的 LOGO，就给你写成“奢侈品满得都堆到大门口”。

话的确是我说的。但是，话语的前因后果他们一概不提。

他们毫无理由地、单方面地把我刻画成一个引导丈夫作恶的、怪物般的妻子。当时，我是在什么心境下化了妆、换了衣服，没有一个人能理解。

忠时进过少管所的事也被扒了出来。“隐瞒前科混入大公司，实属罪大恶极”，他们抨击道。可当年，未成年的忠时并没有留下前科。进过少管所的事一般不在简历上的犯罪栏里头写，所以，你也没必要主动和谁提——忠时不过是照着少管所的人给的建议做。按照忠时的性格，如果有人问起“你是否有特殊经历”，他一定会老实回答“有”。

可是，世人对少管所三个字有强烈的抵触心理。人们把进过少管所的少年和犯过盗窃、强奸、杀人等重罪的少年相提并论，大加批判。

丈夫被卷入这样的漩涡中不说，火化当天，一大批媒体又蜂拥而至。

警察把遗体归还给我时，已是事情发生的七天之后。办手续，等火化安排，又拖了两天。本来就没打算办葬礼，也没跟任何人讲过火化的时间和地点，然而当天，从迈出家门到踏进火葬场的大门，一路上，闪光灯就是死死地咬住我不放。

到了火葬场，就算是媒体，也跟不进来了。火化丈夫的尸体时，总算能一个人清静会儿。火化完毕，死撑着不能倒下，捡骨，装罐。一走出去，麦克风又哗啦一下全伸到我面前。

各式问题漫天飞，我压根没有回话的打算，正要钻进出租车。

“您丈夫的过往正在被大众批判，您对此有何看法？”

不知为何，只有这个问题入了耳。

尽管心里琢磨着绝不开口，身体却条件反射般地面向记者们。当时，我是这么想的：只有这个问题，我必须回答。

“以前，我丈夫的确犯过罪。但是，他没有杀人，也没有强奸谁。干了那些事的人，进的是少年院。我丈夫犯的是小罪，去的是少管所。他的确有‘特殊经历’，但没有前科，也没有刻意隐瞒。这其中的缘由，希望大家能理解。拜托了。”

我深深地鞠了一躬，没有理会后续提问，坐进出租车，离开火葬场。在车上，我期盼着这番话语能够让世人明白，哪怕只有一点点。

可是，数日后，我的发言在周刊杂志的标题中变成“‘是我是我’电话诈骗竟是小罪！果然，这位妻子毫无常识”。自己说话不够到位，我很后悔。的确，不该用“小罪”等说法，我太轻率了。

自那之后，我就不再寻求他人的理解，决定彻底闭嘴。反正，不管做什么、说什么，一切的一切，都会被人恶意解读。

疲惫不堪的大脑又一次隐约意识到这一点：精疲力尽，耗费精力，经历也好前科也罢，犯罪了就是犯罪了，世人很难原谅忠时做过的事。

原本因忠时之死同情我的、给我送吃送喝的邻居们也开始对我不理不睬。最终，竟有人在杂闻秀上给出证言，说“早就觉得这对夫妇很可疑”。遮住了脸部，声音也处理过，但从穿着上看，谁在说话，一望即知。我拎着点心、拿着洗干净的保鲜盒想要还回邻居，但敲遍了门，没人理我。

从杂闻秀节目里，我得知久保河内英雄的妹妹患有先天性心脏病。一直刻意不去看周刊杂志，偶尔开电视时，却能看到媒体对这案子和忠时进行报道。还有我。每次看到，我都会立刻换台，可看到这个信息时，我不禁看入了神。

英雄的妹妹比他小一轮还多，很小就出入医院，几乎没好好上过学。中学毕业后，就换上了植入型心脏，在家养病，等待合适的心脏捐赠，好做移植手术。

忠时为什么异想天开选择拿心脏来做文章，我终于明白了。警察出示给我的宣传手册上列出了截至目前人工心脏存在的一些问题，根据那些说法，人工心脏绝无可能成为心脏的替代品，它不过是个等待移植期间的过渡品。忠时则宣称，他要开发的人工心脏和真正的心脏功能相差无几，能够完全埋入体内，助人回归正常生活，并且，此后也没有必要做心脏移植。

电视里，评论员们一致发出愤慨："抓住他人的弱点进行诈骗，太卑鄙了。"不用说，这节目会继续批判忠时。

我连忙关掉电视。然而，英雄的妹妹有心脏病这事，给我留下了深刻的印象。

如果忠时明知英雄家是什么状况，还借开发不存在的人工心脏之名让英雄出资，忠时的确太残忍了。站在第三者的立场客观看待这事实，我大概会立刻给忠时打上"恶人"标签。利用他人的病症高价出售水和食物，这种鼠辈，本来就很过分。

可是——

怎么都觉得不对劲。我所熟知的忠时和电视里报道的、周刊杂志上刊登的忠时大相径庭。他的确有诈骗经历，但他并不是恶人。

不管我认为这事有多么异常，对英雄来说，他妹妹都是个有利条件。不出所料，世人对英雄更加同情，终于走到成立“医生久保河内英雄后援会”这一步。以前的、现在的病人和病人家属成为后援会的核心成员，开始露面。

“久保河内医生比任何人都尊重生命，就算有什么内情，他也不会杀人。”

“地震后，久保河内医生在受灾地巡回，当志愿者，不眠不休的地为人们看病。他救了很多人，是我们的恩人。”

“我出过车祸，被压在汽车底下，车烂了，还漏油，随时会起火爆炸。久保河内医生却不顾生命危险，在救护车到来前，始终通过一个很窄的缝隙对我进行应急处理。我听接收我的医院说，要不是久保河内医生处理得当，说不定我会因出血过多而死。我能活到今天，都是托久保河内医生的福。他是真正的英雄。”

面对电视台的采访，这些人热情地给出回答。

英雄明明是嫌疑人，却有人支持；而我，没有一个人站在我这边。

姑姑给我打过一次电话，斥责我“和坏男人扯上了关系”，还告诉我，亲戚们都遭到了骚扰，有人被记者围追堵截，有人收到措辞冷酷的信件或传真，骚扰一直在持续。我从心眼里觉得对不起他们，但仍在电话中极力主张“无论是忠时还是我，我们都没有做错事”，姑姑挂断了电话。自此，姑姑再也没有主动联系过我。

光挖掘忠时的过去还不够，媒体又把我的过去也翻出来。以前的同事们异口同声地在杂闻秀里说“不爱跟人说话，性格古怪的孩子”，学校里的同班同学也说“来上课时，总是打扮得怪怪的，不合群。他俩开始交往时，我们都不意外”。我也好忠时也好，似乎都没有给人留下好印象。

失去忠时，我再次意识到，在这个世界上，我俩只有彼此可以依靠。

被大众孤立，逐渐被逼到精神崩溃的边缘，这种情况下，唯一的精神支柱就是警察尽快给英雄定罪。

世人爱怎么想就怎么想。就算大家都站在英雄那边批判忠时，我也无所谓。英雄害得忠时丢了性命，这是事实。

我很无知，我以为人被警察抓了之后，会马上判决。可警察说，别说判决了，能不能起诉立案都是个未知数。

我每天都在祈祷，希望英雄尽快被起诉。可是，生活在媒体和世人持续不断的非难声中，我没有接到一通来自警方的电话。想搞清进展程度，给那位叫吉冈的刑警打过电话，得到的回复并不乐观。

“这件事吧，稍微有点莫名其妙了。”

“莫名其妙？”

“太太，您现在依然相信自己的先生没有做出诈骗行为，是吗？”

“嗯。我觉得，肯定是哪里搞错了。”

“这句话……久保河内也说过。”

“咦？”

“他说，您先生不是那种搞诈骗的人。”

“你说什么？！他这话，意思是……”

“对。他的主张是，这件事不是诈骗。”

我沉默了。

“那你们会怎么处理？”

“当事人觉得这不是诈骗，犯罪动机就不成立。”

“怎么会这样——”

面对这让人意想不到的发展，我脑中一片空白。

“外行人说要开发人工心脏，久保河内却主张这不是诈骗行为？”

“没错。”

“久保河内可是医生啊？！那么幼稚的宣传手册，医生看了竟然会信，这怎么可能？”

“我们也感到疑惑，追查下去，他说除宣传手册外还有其他资料，可以证明您先生的研究方向是真的。”

“他肯定是在撒谎！”

“他没有。久保河内让我们派搜查人员去他家里搜，在他提出的地方进行搜查后，的确找到了存有资料的 USB 设备。我们对医疗方面的东西不了解，但内容的确很详尽，专家正在确认这份资料。除医学资料外，我们还找到了开发报价明细单和资金流动预算表。”

怎么会……这样……

“我、我还是觉得，我丈夫是诈骗犯。准备了那么多种宣传手册来敛财……他不可能存有真心，一定是准备用来骗人，所以印了那些东西。你们警察不也说过吗，很难想象他与诈骗行为毫无瓜葛。”

“我们怎么认为的，并不能成为客观证据……”

“我丈夫跟久保河内不是在居酒屋吵起来过吗，还有目击证人，对吧？”

“对。但是后来，经调查发现，那是您先生对开发一事想要打退堂鼓，久保河内当时似乎在大声激励他，内容是‘中断开发怎么行？打起精神继续努力！’居酒屋店主和在附近桌用餐的客人也听到了，证实了这一点。”

我听愣了。突然，我想起一个决定性的证据。

“不是还有人也被骗了吗？说是有三名受害者提出申诉状——”

“是有这回事，但其实……那三人正打算撤销申诉状。”

“咦？”

“先前，他们没收到投资分红，便寄出申诉状，但后来，分红到账了，本金也一并返还，打入三人账户内。正打算撤销申诉状时，他们才听到您先生过世的消息，很震惊。”

“可是……但是……”我陷入混乱。

吉冈像安抚我一般，继续说了下去。

“诈骗罪不属于亲告罪，关于这个案子，我们警方会继续追查下去，请您放心。只是，指证您先生是诈骗犯的人，目前是一个都没有了。这样的话，久保河内本人再予以否定，就很难证实这是一桩诈骗案。”

“那么，我来当证人！”我不禁喊出声。

电话那头沉默了，似乎吓了一跳。

“我丈夫真的是诈骗犯，这事我清楚。在家里，他也大吹特吹过，说骗人这事简单得很，是被骗的人自己傻。他笑着说过，说下一个目标就是久保河内医生，等他的钱一到账，就利用他妹妹的病症好好骗骗他，十分开心。如果我这么说，能不能证明我丈夫是诈骗犯并立案？”

“呃，但是……”

“我说的是真的！”

“太太，您没必要……”

“之前，我撒谎了。”

“您不是说，从来没听您先生提起过久保河内这个人吗？”

“这句也是撒谎啊，我在包庇我丈夫。求求您了，让我作证吧！”

我知道对方看不见，但还是低头恳求着。

吉冈沉默了，像是非常困扰，但最终，他开口了。

“明白了。那就请您再详细说一次吧，我给您做笔录。”

媒体蹲守在门口，就等我出门，因此，我请吉冈和镰田自己上来。

二人刚一到，我就编出一套能够佐证诈骗行为存在的话，拼命说给他俩听。

然而，一盘问实施日期和实施细节，我的证词便前言不搭后语，怎么也对不上，相当可疑。

“有点累，我去煮点咖啡。”

为蒙混过关，我站起身，从客厅走到隔壁厨房中。烧开水时，我听见那二人正在对话。

“唔，太太的心情可以理解，但不得不说，证词的可信度很低呀。”

“真也好假也罢，警察没有立场直接对证词下判断。咱俩的工作是听取当事人的说法，做好笔录。”

果然，两位刑警还是不相信我说的话。之前曾希望世人明白诈骗一事纯属误解，如今，那已成为一种讽刺。为让世人明白忠时的真实性格究竟是什么样子，我明明那样恳求过。

为贬低久保河内，必须连忠时也一同贬低吗？一想到这个，我就满心懊恼。然而，不能给对方定罪的话，这么做便毫无意义。

“久等了，请。要糖和奶油吗？”

“不用，这已经很好了。”

煮过咖啡后，我找回心情，重整旗鼓。我着重强调丈夫曾进过少管所的事，甚至作证说，自打那时起，他的本性就很坏，从未变好过。我很难过，我把我心里的忠时和忠时与我在一起的回忆弄脏了。可是，我是逼不得已，我狠下心对自己说。

在两名刑警面前，我滔滔不绝地诉说着忠时如何如何狡猾，又是如何长期行骗的。

不知过了多少天，警察依然没有联系我。

打电话去问，得到回复是“详细情况还在调查，无可奉告，请等待我们给您打电话”。我一直在等他们来电话，告诉我“已经起诉他了”，等得望眼欲穿。

与此同时，后援会以“拯救英雄”为口号，分发传单，发起签名活动，各种动静层出不穷。不管有何种内情，杀人都是大罪——这些人不愿意站在这一边。同时，这些人不认为久保河内是骗子，且他和忠时争吵的内容佐证了这一观点。因此，他很可能会无罪释放。人们知道这一点，支持他的范围又扩大了。

距离事发已过去二十天。

两位刑警给我打来电话，说这事到不了起诉那一步。证据不充分，死者还喝了酒，加之有目击证词，综合这三点，这不是杀人案，而是一场事故，说这推测更自然些。电话那头传来“非常抱歉”之类的致歉声，我却充耳不闻。

我问他们，什么时候释放英雄，可他们不告诉我，可能是怕我作出什么报复行为。

挂断电话后，我呆呆地蜷缩在沙发上，一直在看电视，想找线索。不知过了多久，英雄被警方释放的新闻播了出来，我眼睁睁地看着英雄在一片闪光灯中扬长而去。如今想起来，那懊悔、空虚和虚脱感仍历历在目。

所以……

所以，我要——

“哎呀，医生家的太太？”

我猛然回过神来，打包柜台旁站着一位身材矮小的老年妇女。

“我是柴田家的，您家先生上门问诊，承蒙关照。前几天，我拜访过您。”

说话时带着老人特有的抑扬顿挫，她轻轻低头致意。想起来了，搬进英雄家那天，她给我们送过结婚贺礼。

“这会儿，您家先生刚好在我家，我就抓了个空，出来买菜。您先生一直细心地为我们看诊，我们夫妻俩都特别感谢……哎？太太，您没事吧？”

她大概视力不好，推了推那镜片很厚的眼镜，抬头看我，满是褶皱的眼睛有气无力地眨着。

“咦？”

用手一碰，脸上湿湿的。我什么时候开始哭的？怎么还在哭？

“……不好意思。”

我低下头，抱起装食物的袋子，飞速逃离了这个地方。

我在回家的路上狂奔。

阳光暴晒下的暑热和东西的重量都感觉不到，很奇怪，呼吸也困难。和英雄一起生活的房子进入眼帘时，我终于冷静下来。

这样不行。

我得更坚强些。

为转换心情，我深吸一口气，像挑战强敌似的进了家门。

一点点将食材塞进冰箱。在超市里，可能长时间处于恍惚状态，连并不紧缺的调味料和冷冻食品都买回来了。

为排遣情绪，打算做些花时间的菜。小心地把鸡腿肉上的肉筋切断，防止加热时肉回缩，葱切成细丝。足量生姜擦成末，加入酒、胡椒、酱油做成调味汁，把切好的鸡腿肉放进去。等肉入味的这段时间，调糖醋汁，把蔬菜小炒要用的白菜和韭菜切好。

该切的都切好后，鸡腿肉也腌好了。擦去肉上的汁液，鸡皮那面朝下，用低温油慢慢炸。刚炸了几块，就听见大门响。

“哦！让我瞧瞧，做什么呢，这么香！”

欢呼声势如破竹，沿着走廊传过来。转眼间，英雄就从门外探出头来。

“回来啦。今天吃中餐，油淋鸡。”

“嗯？”

“把鸡肉炸了，浇上糖醋汁。吃过吧？”

“啊，吃过！特别喜欢。”

“还有蔬菜小炒跟鸡蛋汤。”

“太棒了。啊，还有，就是那个……”

“明白。炒饭当然也有。”

“哦耶！”

举止总比年龄老成的英雄少见地握拳举高，摆出胜利的姿势。

“还得花点时间。你先洗个澡吧？”

“好的。谢啦，绘里。哎呀，好期待。”

英雄边哼歌边走进浴室，里面传来水声。我把鸡肉翻了个身，把火稍微调大，让油更热，进一步把肉炸透。

等肉炸好的这段时间里，打算做炒饭。我打开冰箱。冰箱是银色的，很时尚，镜面风格的外壳映照出我的脸庞。

这张脸，跟刊登在周刊杂志上时不一样。

没错。我丢弃了咲花子那张脸。

这是张新面孔。

这是佐藤绘里的脸——

自己那张旧脸不时在眼前闪现，为割舍掉它，我关上冰箱，颠起中式炒锅。

精神集中在手头上，脑子里就清静了。所有菜都做好时，英雄也洗完澡回来了。

“哇，这饭菜都能端出去卖钱了！”

他用毛巾擦拭出浴后的脸，坐在饭桌前。

“哎，你老是瞎夸我。”

我还在盛汤，英雄没动筷子，在等我。他有这种习惯，或许是因为他家教良好。

汤也上桌后，英雄双手合十，说声“我开动了”，拿起筷子。他一口接一口，大口吃饭，一脸满足，嘴里不时呼出热气。

“呜哇，这个厉害了。啊，这个也超好吃！”

是生来性格就那样，还是因为一直应对高龄人士呢，平日里，他的言行举止总带点老气横秋的味道，绝不会用年轻人的口吻说话，今天却语声轻快，非常稀奇。

“啊，我最喜欢吃中餐，所以，高兴过头了。”英雄害羞地解释。

“多吃点。要不要再来一碗炒饭？”

“嗯，谢谢。”

盛好一碗递过去后，他一脸开心，又开始狼吞虎咽。

“哎，真是太好吃了。活了这么大，我自认为自己并不讨厌做饭，但吃别人做的饭，感觉就是不一样。还有，以前对自己的手艺多少有些自信，吃了绘里你做的饭后，我才知道，自己那点水平完全不够看。”

“哪有这种事。男人做饭都马马虎虎，所以，你才觉得我做饭好吃。”

“唔，炒饭炒面基本上能凑合，可像油淋鸡这样的讲究菜，我就做不出了。”

“那我教教你？”

“不不，做饭这事，我已经洗手不干了。”

聊着聊着，转眼间，英雄已把饭菜吃个精光。

“抱歉，几乎都让我给吃了。”

“没事，做的时候尝味道，我已经吃过了。泡点茶喝吧。我买了茶叶，乌龙茶。”

“哎呀！你怎么这么完美呢！中餐就得搭中国茶，这才合适。”

“你又不喝酒，我就觉得，你大概对茶比较讲究。”

往茶壶里放茶叶，灌热水，再闷一会儿。

“哎，乌龙茶真能分解脂肪吗？我听说，就因为这样，中国人里胖人很少。”

“不能分解哦。”

“什么呀，那就是胡说八道了？”

“不，也不算胡说八道。首先呢，脂肪在十二指肠内与胆汁混合，被其乳化；之后，被胰脏分泌出的酵素，也就是脂肪酶水解；最后，被人体吸收。再说乌龙茶。跟日本茶和红茶不同，它是半发酵茶，叶片发酵到一半就让它停止发酵，这个过程中产生的成分是乌龙茶聚合多酚。啊，乌龙茶带着特有的黑色，对吧。那就是多酚在抑制脂肪酶的活性。”

我听呆了。察觉到这点后，英雄发出一声苦笑。

“抱歉，这知识可有可无吧。呃，就是说，乌龙茶里不含分解脂肪的成分，而是让人体难以吸收脂肪。”

“明白了。”

烦人。这人真不会察言观色，够笨的。可能因为我脸色不好看，英雄更加不好意思，一脸歉意。

“唉，抱歉。我为什么要说这些呀，你想听的，不是这些吧。”

“没事，挺好的。我就是想知道，它到底能不能让人瘦下来。女人嘛，都特别在意这个。好~嘞！今天我要多喝几杯！”为掩盖情绪，我故意用诙谐的语气说道。

茶叶泡开后特别香，我把茶水倒入茶杯中。吹一吹，凉一凉后，轻轻啜一口，含在嘴里。

“果然，跟瓶装茶味道完全不一样。”

“现在，脂肪是不是被挡住了？”

“哈哈，没那么快。”

笑了一阵后，英雄用若无其事的口气抛出一句话：“那个……我听说，你今天在超市里哭来着。真的吗？”

“咦？”

我吓了一跳，但外表还是装出一片平静，啜着茶水。

“柴田家的太太说的。我就想，是不是新婚生活有什么不顺心的事？我很担心你。”

从进家门到现在，他的情绪异常高涨，或许就因为他一直记挂着这件事。他一直在斟酌时机，现在，终于发问了。

“哪有。她看错了吧？”

“是吗？可她说，你当时像逃跑似的。”

“我就是想，手里拎着生鲜类的东西，不能让它变质，没有其他用意。”

“这样啊，”英雄打心眼里松了一口气，“那就好。”

“再说，哪有人会站在超市里哭啊。那位太太虽然戴着眼镜，但看人都是目不转睛地看，眼镜度数不合适吧。”

“嗯，她的白内障更严重了，看东西大概很费劲。这样我就懂了。她看错了，倒也不能怪她。哎，我放心了。我很慌，还以为绘里你后悔跟我结婚了呢。”

“什么话嘛，我为什么要后悔啊。”

“因为我——”

“不许说。”

我不想听后半句，打断了他。

——因为我曾是个杀人嫌疑犯。

结婚前，英雄曾多次说起这句话，拒绝了绘里的求婚。然后，绘里是这么答的，“你不会杀人，我很清楚，所以，我们在一起吧，我想成为你的依靠。”

虽说只是口头上讲讲，说这种话，还是让我感到恶心。当时拼命这样说，是想把他拉进婚姻里。而现在，即便是口头上的，我也不想再说那种话，也不想再听他讲这句。

“总之，对于跟你结婚这件事，我从没有后悔过，明白吗？”

这是真心话。

“明白了。”英雄推推眼镜，拭去眼角的泪水，“谢谢你，绘里。”

想哭的是我吧。我看着英雄，冷冰冰地在心里嘀咕。

“啊，饭菜真好吃，多谢款待。碗什么的，我来刷吧。”

“不用，你别管。”

“可是，你做了这么好吃的饭给我——”

“就是不用嘛。争这个，累不累。”

语气不小心倨傲起来，自己也吓了一跳。再怎么假装爱他，总会在一些细枝末节上说出真话。绝不能让他察觉到我对新婚夫妻间特有的、甜蜜蜜的对话方式感到不耐烦。面对有些愣神的英雄，我赶忙掩饰。

“英雄，你累了一天吧？所以，我来吧。”

“好吧，抱歉，有劳你啦。”

英雄微笑着，又喝起茶，热气给眼镜蒙上一层雾。

“话又说回来了，不带吹捧的说，比起外头到处都能吃到的油淋鸡，今天这顿更美味。”

“其实，还有其他做法能做得更好吃，不是像今天这样只用鸡腿肉，而是把整只鸡放进中式炒锅，持续不断的用热油从上面浇，完全炸透。”

“一整只呀，普通家庭要做这个有点困难吧。”

“不难。只要食材是鸡，整只我也能做，解剖开来当然也行。”

“咦，真的吗，好厉害啊。”

“掌握到诀窍，就一点都不难。在食堂工作时，一直干的就是这个嘛。”

“嗯？食堂？”

糟了。

“绘里，你在食堂工作过？我记得你说过，你一直都是女白领啊。”

我跟英雄讲过真正的绘里走了怎样的人生之路。从女子大学毕业后，在一家小公司当办公室文员。

“嗯，做过一小段兼职。”

“打工而已，还要处理整只鸡？都赶上正式工了。”

“……是啊。”

“绘里你为什么擅长做菜，这下我明白了，毕竟是饭菜能换钱的专业人士啊。”

稍稍触及到了咲花子的过去。我很后悔自己讲了那些话，开始转移话题。

“对啦，是不是该存一下客户的电话号码？”

上门问诊时，由于医疗器械会受手机电波的干扰，多数情况下，英雄的手机都是关机状态。因此，为保证紧急情况下仍能联系到他，每户人家的电话号码都要存进绘里的手机。昨天是这么说的。

“好好，存。”

英雄从运动裤的裤兜里摸出电话。

“我读你记？还是我帮你输入？”

“等等，找不到手机了。我把它放哪儿了？呃，从超市回来后，袋子和包放在这里——”

本以为手机在包里，可没找着。柜台上，厨房架子上，沙发上，都找了，没有。

“给你打个电话？”

“好。”

英雄摆弄了一下手机，我听到了那首钢琴曲。

“找到啦，竟然放在了这里。”

手机在电饭煲盖子上震动。我按下挂断键，声音一下子消失了。

“嚯，我的来电铃是这样呀。那首曲子很有名，叫什么来着？”

“Gymnop é dies.”

“是首好曲子，非常浪漫。我这种俗人，跟这曲子并不相配。为什么用这首？”

“因为我喜欢啊，”我微笑着，“这首曲子世界第一，最最喜欢。每次听，都会想起那个世界上最喜欢的人。”

“真的吗？那我可开心了。”

一无所知的英雄表情慢慢变柔和，脸颊被热气蒸得热烘烘的。

6

英雄的嘴唇吸吮着我的脸颊、我的脖颈、我的肩膀，像鼻涕虫在身上爬一样，令人厌恶。嘴唇终于碰到乳房时，我起了一身鸡皮疙瘩。

想快点结束。

每次做爱，我都只有这一个祈求。

英雄的手指滑进我双腿间。他总是细心地爱抚我，大概是想取悦我。这让我恶心得要命。

出汗了，不舒服。

“快进来。”我轻声说。

“咦？这么快？”

“嗯，我等不及了。”

英雄眯起眼，有些高兴，挺进我身体里。只是一场粘膜与皮肤的接触，这点事不算什么，跟手指放进嘴里差不多，我对自己说。英雄的脑袋贴着我的脸，很烦人。每次耸动，他的头发都会来回来去地拂过我的脸颊，我尽量伸长脖子，把脸扭开。

“绘里，舒服吗？”

他似乎把伸长脖子的举动理解成了我身体有感觉因而向后仰。

“嗯，好舒服。”

我边娇喘边用两条腿夹住他的腰。他发出呻吟声，开始加速。我发出更大的喘息声，扭动腰部。

赶紧完事。

求你了，快点从我身体里出去。

脑中思考的，只有这一句。

英雄低声呻吟着，停止抽动。

天哪，终于结束了——

我松了口气，不禁露出微笑。

“这么舒服吗？”我的微笑似乎挑起了他身为男人的自尊心，英雄一脸羞怯却又满心自豪地问道。

“嗯，很舒服。”

听了我的回答后，英雄抱住我，亲吻我。他的汗黏在我身上，受不了了。

“出汗了，我去冲个澡。”

“我也去。”英雄打算跟来。

“我想慢慢洗。”我拦住他，飞快地朝浴室走去。

关上浴室门、独处一室后，虚脱感猛地冲上心头。热水从头上浇下，我挤了一大堆沐浴露，打出泡沫，揉搓全身。被英雄碰过后，就觉得身上沾满了脏东西。我一毫米都不放过，想把英雄留下的痕迹全部洗掉。

伴着热水，黏糊糊的东西流到了大腿上，是精液。我连忙把它冲洗干净，使劲揉搓，把大腿都搓痛了。

洗完澡后，再循例挤上牙膏，刷牙，漱口也漱得很彻底。

回到卧室一看，英雄已穿上睡衣，睡着了。我轻轻坐在床上，拉开床头柜的抽屉，从最里面掏出一个化妆包，里面藏着一板儿药片，银色包装。我抠出一粒，就着床头柜上一直放着的瓶装矿泉水，吞了下去。

英雄并不知道我每天都会口服避孕药。他一无所知，一直在我身体里释放精液。仅仅想象一下怀上另一个英雄，我就满心厌恶。

把矿泉水瓶放回床头柜上后，视线忽然被靠在墙上的穿衣镜所吸引。

镜子里，佐藤绘里直勾勾地回望我。

这张脸如今已是自己的，应该早就看惯了。然而，不经意瞥到的瞬间，心里还是一惊。

绘里——

双目紧闭，口水滴答，那张死去的脸庞清晰地浮现在我眼前。

英雄获释后，又过了一个月，我认识了绘里。释放英雄，意味着事件已解决，媒体便对我失去兴趣。我每天都窝在家里，一天里，大部分时间都在睡觉。

一睁开眼，就想死。无数次地向下张望，想从公寓阳台上跳下去，腿却吓得发软，无论如何都不敢跳。我想，别的死法或许能行，开始上网查询。

浏览各种网页时，这样一行文字映入眼帘——要不要一起死？这邀请太吸引人了。像着了魔似的，我点开那行文字。那是论坛上的标题，任何人都能发贴，都能浏览，“征集一起自杀的伙伴”这种标题成排成排地摆在网页上。

论坛置顶写着“本网站并不鼓励和助长自杀行为，自杀不可取，请打消这念头”等注意事项，可这话无非是装装门面，发帖人和回帖人每天都很活跃。

论坛的背景色是黑色，帖子的标题则是五颜六色，非常醒目，像发帖人倾吐出的毒物一样，看着就瘆人。那是无声的惨叫。一想到这些发帖人里说不定已有不少人离开人世，后背就发凉。

不知为何，一大堆帖子中，有一段话吸引了我的目光。

“我累了。一个人好寂寞，想找个人跟我一起死。我是女的，希望你也是位女性。”

这段话吸引我，可能是因为其他帖子都在长篇大论诉说一肚子怨气，而她的文字很简单。话语虽简单，却能感受到一股诚意。

我点开站内私信，打了一行字。

“我的心情和你一样，我们一起死吧。”

发出去后，像早就等候在那里似的，她立刻回复了我。

这个人，就是佐藤绘里。

得知她跟我同年时，一下子就对她有了亲近感。我跟绘里聊了好多次，探讨要在什么地方死。

我提议租辆汽车在车里烧炭，却被她驳回，“这不好，会给租车公司添麻烦。人死时，一定不能给他人找事情。”

“可烧炭这点子总归不错吧？好像很容易死。”

就这样，我们决定烧炭。

绘里查了很多资料，说是在帐篷里堵住缝隙就能形成封闭空间，于是，我俩决意到人迹罕至的山里去寻死。

绘里负责购买炭和胶带，我负责买帐篷，分头准备。我去户外用品专卖店买了一套初学者也能上手组装的一触式帐篷。

终于，等到那天晚上，我第一次在约好的车站见到绘里本人。她个子娇小，留波波头，穿着朴素……或者不如说，衣着土气。季节已是初春，她却穿着灰色毛线开衫和黑裤子。既然跟我同岁，应该不到三十，五官却毫无棱角没有特征，看起来，说年轻也年轻，说显老也显老。就算在大街上擦肩而过，也不会对她留有任何印象——绘里就是这个类型的女人。

“是咲花子吧？”

绘里像终于找到同伴似的，一脸高兴。分明是初次见面，我也莫名有种与她早就相熟的感觉。

寒暄过后，我俩立刻前往山里。先是徒步，沿正常上山路线走了一会，然后在差不多的地方脱离路线。我们用手电照亮漆黑的小路，朝深山里走。

“这附近挺合适的。”绘里边大口喘气边说。

“嗯，星星也能看清楚，地方不错。”

“星星？进了帐篷，就瞧不见了吧。”

“有能瞧见的，我买了上面带天窗的款式。”

“咦，还有这种帐篷？好好玩，想看。”

聊得很热闹，听着不像一会儿就要寻死的人——或许该说，正因为即将寻死，才闹得欢。我俩边聊边从收纳袋里拽出帐篷，借助月光和手电的光亮，把折叠着的伞状龙骨撑开，用力向上一提，便毫不费力地支起帐篷。

“真棒，好厉害啊，这么简单就能支好！”

绘里鼓鼓掌。即使在拍手，绘里身上也萦绕着一股说不上来的阴郁气质。越是摆出笑脸，便越是一身伤痛，满身寂寞。

把铝制地钉钉入地面固定好帐篷的四个角后，再用胶带把帐篷外侧的缝隙糊死，把天窗和出入口处的拉锁拉好，又从里面把这些地方也贴死。

“说起来，这帐篷还真大啊。”

“6~8 人用的嘛。买这种带透明天窗的帐篷，是因为去店里时刚好只剩下这一种。”

我俩把能通风的开口也牢牢贴好，仔细封死。

“这样封真的没问题吗？”我边贴边侧头询问。

“我听说，为抵御风雨和寒气，帐篷的气密性比一般人认为的还要高。人在帐篷里生火做饭或者取暖，一不小心就死在里面，这种事好像年年都会发生。”

“这也太惨了。不过，原来行得通啊，那就没问题了。”

“嗯。好了，贴完啦。”

都封好后，绘里一脸满足，在帐篷里来回张望，随后，抬起头，透过天窗看星星，哇地惊叹了一下。

“看得好清楚。边眺望星空边死，真棒。咲花子，你选这个帐篷，真的很正确。”

“哎，咱们喝酒吧，我带了。下酒菜也有。”

见我从登山背包里掏出罐装碳酸果酒和柿种等零食，绘里笑出了声。

“妈呀，咲花子，咱们又不是来郊游的。不能吃哦，死前吃吃喝喝，遗体会变脏。”

“啊？不能吗？”

“对呀，不然，发现尸体的人多惨哪。不过，能不能发现还是未知数呢。有可能几十年甚至一辈子都没人发现我们死在这。”绘里笑嘻嘻地说，“自杀这码事本身就是给人添麻烦，所以，要尽可能不给人惹事。公寓和手机，我都解约啦，家具和家电寄给了流浪汉援助组织。死之前，想干点对人有益的事。”

“你真了不起呀，绘里。”

我就没想那么多，什么都没处理。反正也要死了。我家公寓是产权房，再说，忠时一死，贷款也不用还了，没给什么人添麻烦。

“还有件事很重要，得把驾驶证一类的东西带在身边。万一被人发现，方便人家立刻弄清楚咱俩的身份。咲花子，你带了吧？”

“嗯，带了。”

“烧炭之前，最好先尿个尿。现在想去吗？”

“不太想。”

“那就再等会儿，尽量把身体排空，这样比较好。我还吃了泻药，这样就能把该排的都排出去。”

“绘里，你好像很有经验啊。”

听我这么一说，绘里害羞了，土气的脸上露出一丝可爱的神色。

“因为我已经自杀三次了。”

“真的吗？”

“嗯，前两回都失败了。第一次是割腕，很常见吧？”绘里自虐式的冷笑一声，“第二次是喝农药。感到恶心，立刻吐了出来，但五脏六腑疼得像火烧一样，就自己打电话叫了救护车。洗胃好疼啊，这方法就不该存在于这世上，就算再自杀，我也不会选择喝药。”

“原来是这样……”

我看着绘里那五官扁平的、面无表情的脸，觉得她并不像那种态度积极一心求死的类型。蛮意外的。

“绘里，你为什么这么想死？”

“我真的是一个人活着，真真正正的无亲无故。上高中时父亲去世，上大学时母亲去世，好不容易从女子大学毕业进一家小公司当文员，却怎么都跟人相处不来。”

“我也是无依无靠的人，父母双亡，也没有兄弟姐妹。”

“咱俩一样呢。”绘里微笑着，“嗨，想死的人，大概都是这个类型吧？”

“嗯，是啊。”

“不过，我在公司里交了个男朋友，一切都变了。他跟我是同行，常有接触，人很温柔，可交往很多年后我才知道，他有老婆。即便这样，我还是喜欢他，继续和他交往。不久后，我怀孕了，又打掉了，留了后遗症。是子宫感染，于是被切除了……很糟吧？到头来，他还是抛弃了我。他妻子倒是生了个孩子，他挺幸福的。到这一步，我已经生无可恋了。”

语尾在颤抖，有种阴郁的情绪。我轻轻抚摩绘里那纤细的手指。

“咲花子，你为什么想死？”

“我丈夫……被人杀死了。”

绘里睁大眼，眼里含着泪。

“犯人被抓到了，可没有证据，警察又把他给放了。”

对绘里，没什么好隐瞒的。我把忠时的事、案子的事和久保河内的事统统都告诉了她。绘里看过杂闻秀，对于忠时的案子，多少知道一些。

“原来是这样，太过分了。咲花子，经历这些很痛苦吧，你跟你老公明明都没有错。那个杀人犯，不可原谅。”

绘里的眼泪啪嗒啪嗒往下掉。多少年过去了，竟然又有人为我哭泣。我俩抱在一起，为彼此哭了一会儿。

“啊，我想尿尿。”哭了一会儿后，绘里说话了。

我俩脸上都带着泪，笑起来，轮换着到帐篷外去解手。用胶带把出入口再次封死后，终于到了烧炭自杀的环节。

“给，吃吧。没有水，将就着咽。”

绘里递给我安眠药，我俩都吃了，又点上火，在帐篷里躺下。透过天窗，能看见星星，星星很漂亮。我俩不约而同地伸出手，握在一起。

“能和咲花子你一起死，真好。”绘里小声嘟囔。

“我也是，有绘里你在我身边，真好。”

“还有多久才能死呢。”

“唔，跟帐篷的大小有关吧。”

“这帐篷很大，挺花时间的吧。”

“要是买个小点的就好了。”

“哎呀，别想了。这帐篷能看见星星，当然是这种的好。”绘里望着头上的天窗，继续用懒洋洋的语调说话。

“忽然想起在德国时的日子了。”

“德国？你在那儿生活过？”

“在那儿上过小学，我爸在那儿工作。”

“哇，好酷啊。住了几年？”

“小学都是在那边上的。”

“厉害。那，能说德语吗？”

“基本都忘光了，只会说几句。德国自然风光很好，家里经常去野营。”

“真好。德国是什么样子的？”

“有照片，看不？都在手机里。”

“要看要看。”

绘里懒懒地支起上身，在自己的行李中翻找——就在此时，啪嗒一下，她伏在行李上，不动了。

“绘里？”

没有回音。

与此同时，浅浅的呼吸声传入耳中。

听着绘里那有规律的呼吸声，我也渐渐迷糊起来。一想到睡着之后就再也不会睁开眼，我不禁露出一个微笑。

人仿佛在辽阔又温暖的海水中摇曳，身体越发沉重。我缓慢地，一点一点地下沉。

意识就这样坠落下去，落进一个巨大的黑洞中。

头很疼，我睁开眼。

脑子还在迷糊，只能慢慢转动眼珠，观察四周。一时之间，眼睛无法对焦，渐渐地，能够看清立在眼前的茂盛树木和枝叶缝隙间透出的微亮天空。

意识逐渐清醒，疑问自然随之涌上心头。

我没死？为什么？

我想坐起身，却发现自己动不了，身上压着东西。是帐篷。帐篷整个塌下来，裹在我身上，塑料天窗刚好盖在我脸上。

绘里怎么样了？

我双手撑地，坐起身来，脑子晕乎乎的。用手摸到帐篷的出入口处，撕开胶带拉下拉链，爬出帐篷后，我啊地惊叫一声。

帐篷上压着一根粗粗的树枝，可能因为这，帐篷才塌了。树枝横在那儿，刚好把我和绘里躺着的那块地方分隔开来。

“绘里！绘里！”

用脚踢开树枝，所幸，未曾断裂的帐篷龙骨自动恢复原状，勉强弹起，给出一点空间。我再次钻入帐篷，看见绘里躺在里头。

“绘——”

手指碰到绘里的脸颊时，不禁缩了回去。触感异常冰冷。我战战兢兢地抬起手，在失去血色的嘴唇前试探。绘里已经没了呼吸。炭和炭炉滚落在她脚边。

我呆呆地跌坐在绘里的遗体旁。心情稍稍平复后，总算认清了眼前的状况。估计我俩刚睡着，树枝就砸了下来，正好将帐篷一分为二，形成两个空间，烧了炭的和没烧炭的，所以，只有我一人活下来，绘里就这样死了。

只有我一个人还活着。

脑中一片混乱，我在自己的行李中翻找着能够作为凶器的东西，例如刀子。然而，什么也没有。我又翻了绘里的包，可包里只有钱包和手绢之类的东西。

氧气耗尽后便停止燃烧的炭还能用，受损的帐篷却无法制作密室。

就是说，眼下，在这里，已经不可能再寻死。

“绘里……对不起，让你一个人先走了。”

我拨开贴在绘里额头和脸颊上的头发，帮她整理好，又把朝身体两侧伸出的、软绵绵的胳膊拉回来，想帮她在胸前摆好。这时，我发现她手里握着手机，心里顿时堵得慌。

“天亮之后商店开门了，我就去买把刀子什么的，回来陪你。唉，但是，用刀子割腕或捅死自己怪吓人的。正因为讨厌这种方法，才选这个死法啊。”

面对已闭上双眼的绘里，我喋喋不休地说着，抽出她手里的手机，扔进包里，让她的双臂在胸前交叉。

“再买个帐篷，重来一次怎么样？不过，这附近没有卖帐篷的呀。唉，你说我该怎么办才好？”

当然，绘里不回答我。她仿佛睡着了，表情真的很安详，所有束缚和烦恼都已消失，她解脱了。一想到这点，我就很羡慕。

“绘里，这么一看，你的五官还挺可爱，不化妆真是太浪费了，多打扮打扮就好了……啊，对啦。”

我把自己的包拽过来，掏出化妆品。

“眉毛呢，描浓一些，好好画出弧度，就不土气啦。眼线也画得显眼一些……眼影用粉金色之类，应该很适合你。这里再用棕色强调一下，单眼皮也能显得眼睛很大哦。口红同样搭配粉色系……啊，腮红也是。”

我接二连三地在绘里脸上上妆，扁平的五官变得很立体，气质艳丽。

“画好啦！太可爱了……哦，这风格你不喜欢吧？完全是我的个人主张。不过，很适合你。”

如果能跟绘里以其他形式老早就认识且关系交好、能像现在这样给她化妆给她建议让她变得更时髦更有魅力且找到人生的乐趣，或许她就不会像这样命丧黄泉。事到如今，我不禁幻想起这种已不可能实现的事。

“不对，你还是适合清纯的装扮。怎么办，万一你的遗体很快就被发现，可现在这张脸和证件上的差太远，人家不认你，说‘她不是这种花里胡哨的女人！’，可怎么办？”

我噗地笑出声，又被自己说出的“证件”这两个字惊到。

绘里已经不在人世了，可她的驾照和健康保险证还在，并且，我还活着。

我能不能作为绘里重新活在这个世界上……？

我咽了咽口水，手指颤抖着，从绘里包里掏出钱包。里面放着驾照、健康保险证、积分卡、影音租赁店会员证等证件，绘里的人生浓缩在这一整套东西里。

有了这些……

只要拥有这些，我就能取代绘里——

绘里说，她一直无亲无故。当然，也没朋友。既然如此，我作为绘里活在这个世界上，不就没有任何人能够察觉吗。

“绘里，”我把手覆在绘里的手上，“我能拥有你的人生吗？给我一个机会，我想揭发那男人的罪行。”

绘里死前说过，她想帮上谁的忙。我想，她应该能原谅我。当然，我清楚自己是在找借口，自我安慰，可同时，我也强烈地意识到，一般情况下根本不会出现这样的好机会，我不该放走它。

绘里的表情既像在生气，说“你要背叛我吗”，又像在微笑，说“可以呀”。

“一切都结束后，我会来找你。我不会让你孤身一人，你等我。”

我是在说给谁听呢？是说给或许正漂浮在四周的绘里的魂魄吗？不，我只是不想让自己有罪恶感，所以，自言自语罢了。

下定决心后，我尽可能用树枝和落叶盖住死在帐篷里的绘里，拿上绘里和我的背包，踏上来时的路。

进山时是跟绘里一起来，如今一个人走在茂密的树林间，心里很胆怯，有种仿佛迷失在异次元中的错觉。数只乌鸦边呱呱叫边盘旋，令人毛骨悚然。山里似乎有野狗，叫声自远处传来。这里的土地真的跟文明产物遍布全境的日本接壤了吗？抬起头，天空好像也与平日看到的有所不同。

好不容易走出森林来到小径上，视野一下子开阔起来。看见山路上的箭头标志和餐馆前的招牌，忽然感到一阵虚脱，仿佛刚从死后的世界中返回现世。

用身上仅剩的一些现金买张车票回到市内，从自己的银行户头里提出所有现款转入绘里账户，她户头里还剩六十万左右，加上我的，总共一百八十万。

接着，我用绘里的证件租了间便宜的房子，注册了新手机号。为了省点钱，考虑过住回自己原来的公寓，使用原来的手机号码，但仔细想想，最好还是斩断我俩之间的联系。

之后，去做整形手术。英雄应该知道我长什么样子。周刊杂志和杂闻秀节目虽然给我打过码，但网上流传着很多我的照片。为了接近他，必须改变样貌。

我给医生看了绘里手机里精确到细节的照片，说，想要这样的五官。

“把双眼皮改成单眼皮也不是不能做，就是困难些。”

医生很为难，但还是尽力完成了我的愿望。眼睛做成单眼皮，削鼻，让鼻子变低，注入骨水泥丰盈额头，两腮放入填充物，使两颊看起来稍稍有些膨胀，下颌曲线变圆。

手术后，脸肿得厉害，骨头也一阵阵的疼。三个月后，脸上消肿了，手术痕迹也不见了，我的五官跟绘里相似到连我自己都惊诧的地步。为配合驾照上的照片，我把头发也剪成波波头。虽然并无必要连服装都模仿她，但由于不想惹人注意，还是选了朴素的衣服穿，行为举止也变得内敛。我陷入一种错觉，仿佛自己真的变成了佐藤绘里。

浮肿和伤口一好，我立刻开始搜寻英雄。

我从报道中得知，他已从之前工作过的医院辞职。虽然没有被定罪，但他似乎对给同事和病人添麻烦一事耿耿于怀，主动提出离职。

除这家医院外，没有其他线索。乐观地想，既然辞职了，必然会在别处再当医生，而且“久保河内”这名字很惹眼，应该很好找。是我太天真。在网上查，完全查不到他。去他写在网上的地址一看，不出所料，早已搬走。考虑过雇侦探，但一想到后面的计划，就觉得不让第三方介入可能更明智。

无计可施的情况下，我想起了英雄的妹妹，或许可以从她那条线上去寻找英雄的踪迹。网上也说，他给他妹妹找了一家新医院，悄悄转院了。不清楚具体转到了哪家医院，但照他妹妹的病情来看，并非随便找个医生就能够接下她。如果是这样，为得到以前那些主治医生的支持，有没有可能转去邻区分院？英雄不可能不陪在亚希子身边，所以，他肯定要住在方便往返于家和医院之间的范围内。以分院为圆心，我持续不断地在整个区域内搜寻，去医院，去诊所，称自己感冒或头疼，接受问诊，查看当班医生挂在墙上的医生资格证等执照。已经开业的和刚刚开业的医院都去过，新开业的医院就那么几家，英雄不在那里。仔细想想，若他自己开医院，就得作为院长公开自己的姓名，这种可能性大概微乎其微。

是不是已经不做医生了呢?

或是干脆搬去了很远的地方？这也有可能。

莫非，我是在完全预估错误的道路上一直努力吗——

无路可走、很是焦急的状态下，某天，我正在医院的候诊室里等着，偶然听见几个老人在聊天。

“那件事过去后，医生好像专门开始做上门问诊服务啦，熊谷先生一叫，很快就过去了。”

“我家要是有需要，能不能也请他上门啊。”

听见“那件事”和“上门问诊”等语，我一惊。

“您好，我也在找能上门问诊的医生，请问这位医生叫什么？”我向老人们搭话。

他们共三个人，两女一男。

“他姓久保河内。”老婆婆笑眯眯地回答。

我心里咯噔一下，终于找到了。

“这位医生可了不起啦，本来在大医院当外科医生的。说起来，我们还是看着他长大的呢。”老婆婆哈哈一笑，男人也笑了。

“医生能回自己家这边来工作，可喜可贺，我们也能放心变老啦。”

“他家在这一带是有名的医学世家，父亲是综合医院的院长，在医师协会里好像也是个大人物，一家子都很优秀。”另一个老婆婆一脸骄傲，仿佛在夸自家人。

“不过，命运还真是讽刺啊，母亲倒是得了癌症，早早离世。”

“妹妹也是，生下来就有病，真是太可怜了。”

“正因为如此，医生他才能体察病人的心情啊。”

老人们一通感慨。

“是叫久保河内医生吧？总觉得，在哪儿听过这名字啊。”

我若无其事地说。

闻言，男人说道："出了一档子事，警方搞错了，把他当嫌疑犯抓了。"

"喂，yoshi，别说这个。"两位女性责备起男人。

"为什么不能说？医生又没做错什么，我们应该光明正大地聊呀。"

"就是，医生才是受害者啊。"

我假装没听见，直接问出重要事项。

"久保河内医生的诊所在哪里？"

"医生没有固定诊所，他在好多医院干兼职，当的是上门医生。"

原来如此，难怪找不到他。

"那我该去哪家医院请他看病呢？"

"听说跟 ASUNARO 医院和古贺医院有合作。"

"明白了，非常感谢。"道过谢后，我立刻走出候诊室。

就算找到那两家医院去，面对我并无上门问诊之必要的事实，医院八成也不会把他介绍给我，于是，我开始搜寻熊谷一家。

这一带的电话簿上，这个姓的只有一家。最近，很多家庭已经不在电话簿上留电话号码了，也有可能是其他人家，总之，先去看看。我租了一辆车，在熊谷家附近连续监视了数日，某天，英雄骑着自行车出现了。

那张脸，跟在电视上看到的一模一样。不，好像稍微胖了些。

膝盖在发抖。一直在找他，可等到本人出现在眼前，却不知如何是好。

杀了我丈夫的，就是这男人。

我抑制住想要立刻冲出去多捅他几刀的冲动，观察着英雄的举动。他把自行车停在熊谷家门前，挂好锁链，门铃也不按，直接进去了。

等他出来，跟他打个招呼吧。不过，怎么做才好？一直以来，只顾着找出他的下落，从没想过搭话时应该使用什么话题。

三十分钟后，英雄从大门里走出来。看到送出门的那家人进屋之后，我下了车。

“请问……”

英雄正在开自行车锁，回过头看清我后，露出警觉的神色。

“什么事？”

“其实，我是来……”

杀害丈夫的人近在眼前。我脑中一片空白，讲不出话，一言不发地杵在原地。见我这样，英雄不再搭理我，跨上自行车。

“请等一下。”

英雄没有回话，兀自向前骑。

“拜托，请等一下！”

我跑着追上去。

“你是记者吧？”

英雄蹬着自行车，不悦地发问。

“嗯？不是，我——”

“行行好，请不要再来纠缠我，好不容易清静了一阵子。”

说完，英雄加速朝前骑。

“我不是记者，我是、我是……”

英雄把我扔在身后，我边追赶边拼命叫喊着。

“我是后援会的人！”

英雄的自行车陡然停住了。

“我不是您以前的病人，也不认识您，但是，为了让大众知道您是被冤枉的，我发过传单，发起过签名活动，做过一些事。”

英雄仍旧骑在车上，慢慢回过头来。我小跑几步，凑上前去。

“所以，今天我不是单凭一时兴起追过来的。我是想来看看，您后来过得怎么样——”

终于追上英雄跑到了他身边，我气喘吁吁的。平复呼吸后，英雄不好意思地搔了搔头。

“抱歉，我以为你是记者呢。那时候天天被记者追着跑，有点神经衰弱。”

英雄从自行车上下来，支起撑脚，停好车，深深地向我鞠了一躬。

“真的非常感谢。我能有今天，全靠后援会里的各位帮忙。”

“别这样，我什么也没——”

英雄直起腰，目不转睛地瞧着我。我吓了一跳。我把脸换掉了，没理由被认出来，可还是被他瞧出了一身汗，烦人。

“抱歉，你叫什么名字？”

“佐藤，佐藤绘里。”

“佐藤小姐是吧。不好意思，承蒙大家关照，我却没能把后援会里的各位都给记住——”

“没事，不用都记住。我是后期才加入的，没参与过多少活动，其他成员估计也不认识我这么个人。”

我在这里设了道防线。

“既然如此，为什么会来找我？”

“无论如何也放心不下，就找人打听，追到了这儿。”

本来在琢磨该怎么回答他，可最终，只在这句上说了实话。刚才那几个老人是英雄的熟人，总有一天，跟她们打听过英雄的事会被英雄知道。

“哦，原来是这样……”

很明显，英雄很疑惑，脸上的表情仿佛在问，“为什么要在意我在意到这个份上？”

“多谢你惦记着，托你的福，现在过得还不错。我赶着去下一家问诊，快迟到了，再见。”

英雄轻轻点头示意，踢开脚撑，跨上自行车。

“我们还能再见面吗？”

刚要踩脚蹬子的英雄听见我这么问，猛地回过头。

“我想跟久保河内医生您再聊聊天。”

“……为什么？”

“在那件事上身处漩涡中心，态度也很坚决，我觉得您非常了不起。”

“嗨，那是因为我与案件无关，这一点，我自己最清楚。”

“可是，警察一开始把您当犯人对待呀？明明是对方的错。

那个诈骗犯，太过分了。”

“我并不清楚他那边的事。”

“您真的不知道吗？”

英雄的眼神再次充满警觉，目光尖锐。我赶紧补救。

“啊，我在周刊杂志上看过，那个男的干了好多坏事，对吧。那种人您都相信，您真是非常纯粹的人哪！”

“我没你说的那么好，”英雄苦笑一声，摇摇头，“真的，我得走了，病人还在等我呢。”

“可是——”

“虽说你是后援会的，我还是觉得，咱们之间不存在私交比较好。”

英雄准备离去，我一把拽住他的手腕。

“以后再也见不到你了吗？”

或许是我的眼神太狂热，英雄皱起眉，显得很为难。事实上，为了接近他，我的确使尽了浑身解数。

“因为没什么必要再——”

“你很吸引我。”

这话冲口而出。

“……啊？”

“久保河内医生，作为异性，你很吸引我，我想要更了解你。”

沉默流淌在我俩之间。说这种话，很可能会令他格外警觉，此后再也不见我。然而眼下，我只能直截了当地对他发起冲击，别无他法。说自己在后援会做事那招如果不太奏效，就只有用这个招数碰碰运气，赌一把。

“你一定是误会了，”长时间沉默后，英雄轻声说，“恐怕……不，你肯定是一时昏了头。偶尔会有人在电视里看见杀人犯后对他们产生感情，想和他们谈恋爱或结婚，你现在就处于这种状态。”

“我没有。”

“我可是杀人案的嫌疑犯啊，你父母不可能同意我俩在一起的。”

“我父母双亡，也没有兄弟姐妹，是独生女。可能因为这，我才记挂着你。我觉得你很孤独，我好想陪伴在你身边。”

“唉，都说了，你这是同情——”

“请让时间来验证真伪！”

玻璃镜片后，英雄睁大双眼。

“我对你的感觉是不是一时冲动，我自己也不晓得，所以，请给我一个判断是与否的机会，求你了。”

见我的眼泪扑簌扑簌落下来，英雄慌了神：“好好，我明白了。这是我的联络方式，欢迎你随时给我打电话。”

英雄递给我一张名片，上面只印着姓名和手机号码。

“好开心啊，谢谢。”

面对微笑起来的我，他扭过脸去，生硬地和我道了别，马上骑车走了。

英雄的背影消失在视线中后，我迅速把眼泪擦干。将他的手机号码存到自己手机里后，我把名片扯得稀烂，扔进下水道。

之后，我时不时与英雄见面。我想方设法地博取他对我的好感，扮演稳重又听话的女性形象。

英雄是个既无趣又老土的男人。明明是医生，却一件奢侈品都没有。眼镜是便宜货，钱包和鞋也是地摊货。兴趣是看电影，偶尔会去电影院，但看的不是好莱坞大片，而是以历史和战争、传记、大自然为主题的纪录片。

讲话也很无聊，不管问什么，回话永远不在点子上，叫人恼火。

这话或许是偏见。我一直认为，只要职业是医生，不管长得多难看、性格多怪异，总会有几个女人来倒贴，可英雄身边没有女人的影子，这倒也理所当然。

不过，我不嫌弃他看纪录片，我会陪他看，并且一脸热情地倾听他的观后感，也没有忘记展现温婉居家的魅力——他出远门时，给他做便当，他说工作忙，就做好夜宵装在保温盒里给他送过去。

脚踏实地的努力奏了效，英雄渐渐向我敞开心扉。然而，他手上有接受临终关怀的病人，就算约好了要见面，也时常会在见面前夕取消约会。终于能见面时，病人情况紧急给他打电话，他就要立刻赶到病人家里去，这种情况也很多。想打探跟忠时有关的线索，可仅凭如此匆忙的碰面，无法取得进展。

“和我结婚，好不好？”

半年之后，某天，我提出这个建议。英雄听后很惊讶，立刻摇头。

“结婚什么的，也太夸张了。能时不时和你见面，我已经很满足很高兴了。”

“我不满足呀。”

“可是……”

“我讲过吧？父母老早就去世了，所以，我想建立自己的家庭。”

“我这人，可是个杀人嫌疑犯啊。”

“这有什么大不了的，嫌疑犯跟罪犯又不是一码事。”

“行不通的，很多人对这个有偏见。”

“我相信你不就行了吗。”

“不行。你不要专挑我这种人结婚，好好打算打算自己的未来。”

英雄就是不接受我的求婚，每次见面，我俩都要重复探讨这个话题。

我花了两个月的时间说服英雄，他那顽固的内心终于有些融化。我不断对他说，我尊重他的人格，想要和他白头偕老，除他之外，不作他人想。就这样，我们终于领了证。

“……sakiko……别往那边去。”

似乎听到英雄在呼唤我的本名，我心里咯噔一声，回过神来。

躺在我身边的英雄翻了个身。他说梦话，还说得相当清晰。一起生活的这些天，我得知了这一点。刚才，他大概是在叫自己的妹妹。

睡着了，就不要讲话了。一听他说话，我就犯恶心，连那张脸都不想看。

可我是他的妻子。我为这男人做饭、洗衣、收拾房间、让他碰我。

为了英雄，我什么都做，但我奉献的对象并不是英雄，而是忠时。

毫无防备的睡脸。白头发很多，摘下眼镜后倒是看着显小。英雄微微张开嘴唇，发出轻轻的鼾声，正熟睡着。

——他还活着。

这令人异常愤怒。

我朝他探出身去，手抚上他的脖颈。如果把全身重量压在他身上，狠狠掐住他的喉咙——

这样，一切都终结了。

我舔舔干巴巴的嘴唇，手上正打算使劲，这时，英雄又翻了个身，背过身去。

我清醒了。

现在，还不能杀他。

英雄会带着“被命运折磨的伟大医生”这干净标签，作为“善人”死去，忠时则永远是恶人。真相尚未水落石出前，英雄必须活着。

道理我懂，可我每天都在被这样的冲动所驱使。

洗澡时，把吹风机扔进热水里。

吃饭前，把毒芹混入饭菜里。

趁他睡着，不停用刀捅他。

想做的话，都能简单做到。

正因为简单，反而不能做。

正因为简单，杀人是最后一步。只能通过杀他使忠时沉冤昭雪时，我自会动手。

把讨厌的人留在身边、边豢养冲动情绪边装出爱对方的模样，如同身处地狱。

被永不西沉、充满憎恶的毒日炙烤，被铺满绝望的炙热沙粒灼伤赤足，怒火在心里熊熊燃烧。

我却在这样的恶意花地狱中悠然前行。

业火何时才能烧光一切呢。

烧死英雄。

然后，烧死我。

住在一起后，两周过去了，三周过去了，渐渐习惯了跟英雄生活在一起。

早晨目送他上班后，就开始在家里闲晃，用手机镜头记录下一切，仿佛在上每日必修课。截至目前，能找到他的人寿保险投保书、工资个税扣除明细单、纳税申报表副本等资料，但这些似乎并不能成为忠时那件事的线索。看银行存折，能直接摸清他的金钱走向，本来对此给予厚望，可存折上只显示出电费煤气费和信用卡明细等一目了然的银行扣款，还有曾打给忠时的、被警方释放后又退还到他账户里的三千万。除这些外，没有大额往来，倒是能看出零零碎碎的生活轨迹。

跟他钱包里的信用卡张数比，邮寄来的信用卡账单少得可怜，这一点，我也注意到了。多半改成了无纸化电子账单。看来，如今这时代，即使住在一起，也很难掌握配偶的信息。

实在没什么收获，情绪一直很焦虑。本来就不是在找什么具象化的东西。其实我知道那是诈骗——能证实这一点的含含糊糊的东西，可能被记载在小纸条上，可能被记载在记事本里，也可能根本没留下任何记录。这几天空虚得要死，觉得自己仿佛在用手抓云。

英雄什么时候以及怎样和忠时认识，这是可知的，我也探究过。媒体报道过二人相识的经过，可那毕竟是英雄一人的供词，或许并不是事实。他俩的关系到底怎样，谁也不知道。

英雄在人前表现出稳重诚实的模样，但我觉得他肯定有不为人知的一面，一直在观察他是否会跟病人发生争执，或被病人投诉。可他的口碑似乎特别好。尤其是，他的工作主要集中在临终关怀这一块儿，因此，病人和病人家属都接纳他，拿他当家人一样看待，很感谢他。

越是探究，越觉得与想要搞清的事情渐行渐远，心里每天都在冒火。

除这惯例的必修课外，有件事，每隔几天我一定会做，那就是去探望英雄的妹妹亚希子。今天也一样。吃过午饭后，我准备外出。

一出家门，热气扑面而来，笼罩着全身。好不容易走到车站，上车后，车子朝两站开外的综合医院驶去。我在医院前台登记好姓名，领了临时出入证，走进病房。

“啊，绘里姐！”

亚希子高兴地抬起头，她正靠在床头做手艺活儿。

结婚前，我就时不时来探望她。她的病症被人利用，我感到很抱歉。明明没做错任何事，媒体却跑到医院来监视她，太惨了。她没有任何过失，却被无端卷入事件中，加之身患重病，我打心眼里同情她的遭遇。

“身体感觉怎么样？”

“嗨，还那样吧。”

亚希子把针线活放下，搁在床头柜上。

“布料真可爱。做什么呢？放内衣的小收纳包？”

极具女人味的粉色小碎花菱格绗缝，带拉链，大小适中，适合旅游时随身携带，放换洗用的内衣。

“啊，这个呀，装人工辅助心脏的电池用的。”

她干脆地说出貌似平淡的话。

“要是回家养病，不是走到哪儿都得带着人造心脏的电池吗，我就想，好歹用个可爱点的包包装。看，花色不一样哦。”

她一脸孩子气地拉开床头柜抽屉，掏出水蓝色和橙色布料。

“这样啊……颜色很好看呢！”

“真的吗？谢谢！”

我有种错觉，觉得装在有女人味的可爱收纳包里的人造心脏电池正是她人生的一种象征。

“咦，hiromi 去哪儿了？”

亚希子住的是双人病房，中间用帘子隔开。她和同病房的 hiromi 年龄相仿，关系似乎还不错。那孩子很可爱，留波波头，皮肤雪白，很有礼貌，只要我进屋，她必定拉开帘子跟我打招呼，说声“您来啦”。照料她的母亲也是个观感不错的人，会跟我分享彼此带来的慰问品，我们建立了良好的关系。

“她出院了？”

“没，”亚希子摇摇头，“去世了，前天死的，突发不测。”

“咦……”

我无言以对。眼前的亚希子如此自然地与人对话，脸色也不坏，我却再次感受到她与死亡比邻而居这一事实。hiromi 总是笑容满面，语声干脆，是个大嗓门，很有活力，可是，死亡吞噬了她。一想到那位温柔的母亲如今是个什么心情，就感到揪心。

“习惯不了啊。”亚希子叹口气。

“嗯？”

“一起住院的孩子去世，从小就看这一幕，见多了。每次看都难过得不得了，很痛苦。总有一天，我也会死——很是灰心失望。而且，得了这个病，总会有人不断死去。目送他人离去时，真的好难受啊。”她泪流满面。

“亚希子……”

我握住她的手，摩挲她的肩膀。

听说，亚希子三年前做过手术，植入了人工辅助心脏。可那毕竟是等着做心脏移植手术期间的暂时性处理方案，她不可能一辈子都使用人工心脏。她用人工心脏保命，等待移植的机会；当然，也有人赶不上做移植手术，死去了。

听见“人工辅助心脏”这字眼，普通人如我，完全不明白它是什么。看见“植入型”这词，会认为它是完全隐藏在体内的东西。可它不是。靠在床上的亚希子腹部被开了个口子，插入那里的管子连接人工心脏和电池。

借助开发出的植入型人工辅助心脏，病人就能在家休养。若症状进一步减轻，似乎还能上班上学，戏剧性地改善生活质量。可话又说回来了，腹部长时间带着口子会有危险，那地方很容易感染或长出肉芽。此外，血液一接触异物就会凝结，容易产生血栓，也有可能引起栓塞等并发症。因此，定期往医院跑，必不可少。若身体健康恶化，必须住院治疗。

亚希子的情况则是身体产生血栓并流入脑部，引起轻度脑梗塞。查出来后，为慎重起见，一直在住院。我和英雄眼看就要交往时，她被救护车抬走了。这次住院，已经住了小半年以上。

“吃苹果吗？桔子也买了。”

哭了一会儿后，亚希子的情绪平复下来，我瞅准时机和她搭话。医生给她的饮食限制相对而言比较宽松，不摄入过量盐分和脂肪的情况下，喜欢吃什么就吃什么。

“嗯，想吃。”亚希子擦去眼泪，笑着说，“啊，有西红柿吗？”

“买了‘桃太郎’西红柿，你最喜欢吃这个吧？”

“好高兴啊！果然，还是绘里姐懂我。”

“还买了 Pocky 百奇、KitKat 威化和乐天小熊饼干。”

继水果后，我又掏出些小零食。亚希子的眼睛亮了。

“呀，尽是我爱吃的东西！换我哥来买，就不懂行了。让买百奇，买成百力滋，让买‘竹笋里’，买成‘蘑菇山’。一抱怨，就回我‘一样的东西吧？’不一样好吗！”

“是不一样。”

“完全两码事！”

对视一眼后，我俩笑出声。

剥着桔子削着苹果，亚希子发出感慨：“真庆幸啊，有绘里姐这样的人嫁给我哥。”

听她这么说，心里有些痛。不过，无所谓了，我干脆地抛开罪恶感。

“你比那个 marie 好多了。”

“marie？”

是前女友吗。亚希子一脸说漏嘴的表情，我倒是对英雄这些事没有嫉妒之心。

“没事，不用在意我。她是谁？”

“外科部长的女儿，哥哥之前工作过的那个医院里的。他俩订过婚，我哥出事后，就取消了婚约。这位部长人很好，很赏识我哥，出事时，很早就带头组织签名活动。可就算这样的好人，大概也会犹豫要不要把女儿嫁给我哥吧。我哥刚被放出来，他就提出要求，取消了婚约。”

“原来是这样。”

英雄还订过婚，这倒是头一次听说。或许正因为有此经历，跟我结婚时，他才犹犹豫豫的。

“不过，也不能断言结不成婚就是那件事造成的。女儿变心了之类呀，既然是谈恋爱分分合合也正常之类呀，含含糊糊地拿这些来支吾。医院里有好多人支持我哥，部长也算人品高尚的人，大概很难公开表露自己对那事很在意。嗨，当然，最终还是露馅了。大人物嘛，真心话跟场面话果然差别很大。我爸是医师协会的干部，所以，我从小就特别在意面子问题，活得很拘束。”

“真的吗？”

“我有这个病嘛，他可能觉得，必须得把我哥培养成人才。医学部也讲究排名。他跟我哥说，必须考上这里的医学部，对我哥可严格了。我爸活得怪可怜的。我妈也是，得了进行性癌症，死了。我又是这副样子。我爸那人死心眼，估计就想着把我哥一个人努力培养成了不起的医生。结果，我爸还不是病死的。我家真是诸事不顺啊。”

她一边大嚼苹果一边说些参透人生般的话。

“总之，绘里姐你这样的人肯嫁给我哥，真是太好了。人温柔，又擅长做饭。”

我猜她很怀念家里的饭菜，就时不时做些关东煮或炖条鱼给她送来。每次来，亚希子都很高兴，把饭菜吃得精光。不知不觉中，我也想要看到她的笑脸，给她做饭吃。

“哥哥可真幸福，每天都能吃到好吃的。”

“等你出院了，我也每天给你做。”

“真的可以？”亚希子面露喜色。

她这“真的可以？”有两层含义。其一，是问我能否每天都给她做饭；其二，是问她出院后能否与我们同住。

“当然可以啦，那里是你的家。经过你俩的允许才住进那栋房子的人，是我。”

英雄在结婚的问题上相当优柔寡断，促使他下定决心的就是亚希子。跟英雄聊天时，他说自己不放心让亚希子一个人在家里养病，连抽空探望她都难，很苦恼。

“要不，我替你去探望亚希子吧。”

“我觉得自己能跟亚希子成为好朋友哎。”

“在家休养时，我会尽全力照顾她的。我会做好多低卡路里又少盐但足够营养的菜给她吃。”

果然，英雄的弱点就是亚希子。越拿亚希子当例子来说铺展，他就在结婚的事情上思考得越具体。

利用亚希子，我觉得很对不起她，不过，那些话里也有真心话。我对卧病在床的亚希子放心不下，总想为她做点什么。

于是，结婚前，我跟着英雄去了趟医院，探病兼露脸。

“发生了那么多事，我还以为不会有人愿意嫁给我哥呢，”亚希子又哭又笑，向我低头行礼，“绘里姐，我哥就交给你了。”那时，作为绘里，我发誓一定要照顾好亚希子，这与英雄本人无关。

“咦，这是什么？”

处理好水果后，正要把果皮扔进垃圾桶，我看见架子上装饰了什么东西，上次来时还没有。看着像相框，但每隔几分钟框里照片就变换一次。

“这是电子相框。很不错吧？来看我的人送的。”

“哎呀，还有这样的相框呢。”

“插上 SD 卡，就能随意更换照片。把一直放在数码相机里的 SD 卡拿来一插上，老到掉渣的旧相片全出来了，好好笑。”

有跟朋友一起比着小树杈拍下的照片，有在樱花树下拍下的照片，也有身着校服的照片。我松了一口气，原来亚希子也有过欢乐的青春时光。

“嗯？这男的是谁？男朋友？挺帅的嘛。”

照片里，亚希子和身穿帅气西装的男子手挽着手。

“妈呀，”亚希子笑出声来，“怎么可能是男朋友啊。”

“咦，不是吗？这么帅，我以为肯定是呢。”

“绘里姐你真是的，这是谁，你还看不出吗？”

“哎？是我认识的人？”

我把电子相框拿在手里，仔细端详。

“这是我哥呀。”

“咦，不会吧？！”

亚希子一脸贼笑。

“什么时候照的来着……可能是通过国考那会儿。”

脸和身形都很纤瘦，不过，那时和现在的差别不仅只是体型。

染成棕色的头发和西装的搭配风格那么洋气，再看现在的英雄，很难想象他也曾时髦过。

“这根本是两个人啊！”

“可不是嘛。那时候，他给人的感觉就是医学部富二代，成天开车带女孩子出去兜风。”

“嚯……”

那么一本正经的英雄竟也有着这样的过去，着实令人意外。

“不过，成了见习医生那阵子，他突然正经起来了。头发染得黑黑的，也不穿那些浮夸的衣服了，还跟一大堆女朋友分了手。我当时想，这是要一门心思当医生啊。”

不知为何，亚希子的语气里透着一丝感伤。

“原来是这样。”

越看越觉得，这人不是英雄。他曾经是这样的大帅哥？

吃完水果后，我俩一起看电视。有一种说法是，就算一句话都不讲，只要有人陪在身边一起消磨时间，心灵就会受到慰藉。同龄的孩子理所当然地享受着这样的待遇，可对亚希子来说，这样的时刻是特别的。一想到这里，我就觉得，以后应该尽可能抽出时间来陪她。

“绘里姐，谢谢你。”傍晚时分，我正准备收拾收拾回家去，亚希子这样对我说。

“嗯？”

“你那么忙，还总是抽时间过来。”

“哎呀，这有什么的。”

“一个人待着，总觉得无依无靠的，虽然跟疾病纠缠了很多年吧。”

“就因为时间长，才会感到不安啊，很正常。”

“我……想快点好起来，可又挺纠结的，觉得不该期盼这个。”

“说什么呢，这有什么好纠结的啊。”

“因为……我要是好了，就代表有人把心脏给了我，死了。”

听见这句话，我陡然一惊。

“的确，有可能是这样，不过……”

“也就是说，我盼着自己身体健康，就好像让别人赶紧去死似的。”

“这也太……”

“可我还是想活得久一点。我的罪孽很深重吧？我常常觉得自己特别肤浅，不想留在这个世界上了。”

“亚希子，你没有错，别这么想，好吗？”

亚希子无力地点点头。这样的自问自答，一天之内肯定要来上好几次吧。

这女孩认真又温柔，所以，我才对她放心不下。

我带着郁闷的心情，走出病房。

分明已是傍晚，天气依然酷热。一出医院，脑子像被煮沸了似的。再这样下去，身体会撑不住的。往车站走的这段路上，时不时能看到在脑门上贴降温贴或把装保冷剂的小毛巾围在脖子上的男男女女。热成这样，形象好不好看已经是次要问题了。本来嘛，要是我手上也有这些，我肯定毫不犹豫地往脑门上贴，往脖子上卷，往腋窝下擦。

坐上电车吹着空调，感觉活过来了。站在出风口正下方，从里到外吹了个透。我在离家最近的车站下了车，一踏出车外，本已吹到冷飕飕的身体瞬间又被热气蒸腾着，全身都在冒汗。

车站前方是上坡路。坡度有些陡，路两旁也没种几棵树，没有阴凉。一遇到这种天气，路就格外难走。夕阳似火烧，我顶着炎炎烈日往上爬，总算翻过坡顶，推开自家大门。身体很沉重，用钥匙开正门时，手指都使不上力。把全身的力气都顶在门上撞进门里，终于到家了。

一进客厅，我立刻打开空调，开始擦汗。头疼，胃也疼，大概是精神作用。不管屋子里怎么凉快，身上的汗就是不落，我打开冰箱，把脑袋伸进去。这是在琢磨选什么食材来做晚饭，我这样给自己开脱。瞅见肉馅跟鸡蛋时，我模模糊糊地想，干脆做炸肉饼吧——刚想到这里，眼前一黑，我晕了过去。

睁开眼后，发现自己躺在床上，

天花板在转圈圈。只觉得手上莫名温暖，仔细一看，有人握着我的手。是英雄。他正坐在我身边，一脸担心地瞧着我。

“绘里，你醒啦。哎呀，太好了！吓死我了，一回家就看见你躺在地上。”

看样子，英雄进家门时，我正躺在开着门的冰箱前。说是破掉的鸡蛋流了一地，一袋子肉馅也扔在地上，他顿时吓坏了，以为家里遭劫了。

“啊，对不起，我马上做晚饭——”

正打算坐起来，又被英雄按了回去。

“说什么傻话，别管什么晚饭啦，好好休息。”

“可我已经好了呀。”

“不行。看看这个。”英雄指指床边。

银色的架子上挂着点滴瓶，输液管连在我手上。

“家里还有这种东西啊，我从来就没发现过。”

“亚希子有时要用，备着呢。”

“啊，难怪。”

“你有脱水症状，还有，你最好补充些营养。”

“谢谢，添麻烦了。”

“客气什么，别太在意。”英雄露出温柔的微笑。

我老老实实地躺在床上。反正身体也不听使唤，不如歇着。

“都怪这天儿，太热了，建筑和电车里的冷气又开得太过，身体当然会垮掉。不过，也就是夏季倦怠症吧。晕过去前有什么症状，还记得吗？”

“唔……头很疼，胃也一抽一抽的。”

“这里疼吗？”

英雄把手伸进被子，按压我的腹部。

“疼。哦，对了，再往下点，也有点疼。”

“一按就疼？”

几根手指一下子陷入肉里。

“那倒不至于。”

“这里疼吗？这里呢？”

指尖滑动，变换着位置，英雄在进行确认。每换一个地方，我都一一回复“有点疼”、“感觉涨得慌”之类。腹部触诊全做了一遍后，英雄拿出血压计，把宽宽的臂带缠在我上臂处。

“绘里，排便情况怎么样？”

“……啊？”

“是每天一次，还是好几天一次？”

“啊……好几天一次吧。”

“感觉像便秘呀。”

手上在帮我测血压，英雄点点头，神情古怪。

“粪便是什么形状？香蕉型，球型，还是稀稀的？”

连这都要问？我心里很纳闷，不过，还是答了。

“唔……非要形容的话，稀的吧。”

“颜色呢？如果便里带血，怎么都会有所察觉。不是黑色的吧？”

“我觉得……颜色挺正常。”

“排得很顺畅，还是不使劲就排不出？气味如何？有没有叫人恶心的异臭？”

再怎么说，此类问题也太难答了，我不说话了。对于我的不知所措，英雄似乎终于有所察觉，他挠挠头。

“对不起……好像不该刨根问底，问自己太太这种东西。”

“唔。”我苦笑一声。

“我担心你嘛！肠胃出没出血，怪叫人在意的。就因为你是我太太，所以……”

“可是，再怎么说，这些事也很难说出口呀。”

“要不要到跟我合作的医院检查一下？”

“不用啦，不至于，估计就是疲劳过度。”

“可是……”

“你不是专业人士吗？严不严重，你应该很清楚啊。”

“清楚是清楚，”说到这里，英雄突然哽咽了，“我就是想，万一你有个闪失，我……”

面对眼睛湿润的英雄，我大吃一惊。

“对不起，”英雄吸溜着鼻子，“一看见你晕倒了，脑子里就一片空白。好不容易和你在一起，要是你真有点什么，我怎么办？你说的没错，作为医生，我不合格。”

看着一脸羞涩擦拭眼角的英雄，我忽然理解了。

这个人打心眼里爱着我。

我一直以为，对英雄来说，这场婚姻的50%是衡量利益得失。我能去探望亚希子，他的社会信用能回升，还能有人照顾他的饮食起居。至于我，也觉得这样很不错。反正，肯跟我结婚就行。

然而，看样子，英雄真的是发自内心地爱着我。

“对了，饿不饿？能吃下饭的话，最好还是吃点什么。熬点粥？虽然我那手艺比不上你。”

“啊，嗯，粥估计能喝下。”

“稍等，我马上做。”

英雄下楼去了。没过多久，咚咚咚，切菜声传入耳中。事隔多少年，才再次听到有人为我在厨房里忙活？叮叮当当下厨房的声音，竟让人如此心平气和、感到舒心！

正迷迷糊糊地躺着，英雄端着托盘回来了，碗里是热腾腾的食物。他慢慢把我扶起来，小心地在我背后放上枕头。

滑蛋粥里放了葱花和撕碎的梅干，我舀了一勺，送进嘴里。

“怎么样？”

“好吃。高汤熬得地道，咸淡刚刚好。鸡蛋也是，入口即化。”

“我要当真喽？行啦，不用哄我。”

说是这样说，英雄看上去还是很高兴。

吃完后，人开始昏昏欲睡。不知不觉间，我又睡着了。大半夜忽然睁开眼一看，英雄还没睡，正坐在椅子上，一直看护我。他上了一天的班，明明自己也很累。对上我的视线后，英雄笑了，眼神很温柔。

“喝茶吗？”

“没事，不了。”

“你的脚丫很冰啊。”

他把手伸进被子，摩挲起我的脚。大大的手掌包裹着我的脚尖，我脑子又迷糊了，眼皮很沉重。

唉，真舒服。

总觉得，好安全……

刚要睡着，我忽然一激灵。

想什么呢，我这是？

被夺走自己丈夫的人温柔对待，还觉得挺舒坦？

是因为身体病恹恹的，还是因为心里软下来了？

因为这些……

因为这些就动摇，太过分了。

这是对忠时的背叛——

“怎么了？”

“唔，没什么。你也睡下吧，脚已经不冰了，不用弄了。”

“可是，就这么几下——”

“我说没事就没事。”

我故意抛出生硬的话语，用被子蒙住脑袋。英雄听话地把手抽了出去。我听见他从椅子上站起来，在我身边躺下了。

我也很困惑、很焦躁、很恼火。我使劲咬住下唇，忍耐着。

感受到些微亮光，我睁开双眼。清晨阳光从窗帘的缝隙间照射进来，我慢慢坐起身。头不疼了，眼不花了，肚子会饿，身体似乎完全好了。

一看表，十一点多了，英雄早就不在家了吧。总之，先填饱肚子。我下了床，走下楼梯。

咕咚一声，楼下有动静，我不禁停下脚步。接着，又听见咯吱咯吱的声音，似乎有人在翻找东西。

家里有人。

我身体紧绷，胸口砰砰直跳。英雄是不是忘记锁门了？怎么办？我很着急。这时，楼下又传来说话声。

“嗯，嗯……是啊，血压降下来就好。请转告他，明天我一定上门。那就这样。”

是英雄在说话。我走下楼梯，朝客厅中望去，只见英雄刚好把手机从耳旁拿开，按下了挂断键。我俩四目相对。

“早啊，绘里。”英雄冲我微笑。

“你在……干什么？”

“嗯？”

“不用上班吗？”

“哦，我请假了。你都晕倒了，我很担心啊，不能把你一个人晾在家里。”

“不至于……”

“没事，医院还有一位不坐班的医生，我俩换班了。”

“不是有病人说，不是你给他看病就不行吗？”

“我直接给他们打电话，把情况一说，他们很理解我，还和我强调‘你要在家好好陪太太’呢。他们比一般人更能理解家里有病人时生活多么不易，以及健康有多么值得珍惜。”

“不过，我真的没事了。”

“好啦好啦。”

为了安抚我，英雄露出灿烂的笑容。

“绘里，这种时候，你就任性点吧，毕竟一直为我忍耐了很多事。”

接受上门问诊的病人里，不少人都申请了临终关怀。刚结婚那阵子，英雄还是双休，可情况很快就变成节假日跟大半夜也要应对紧急呼叫，几乎没什么像样的休假。英雄好像很在意，我倒是觉得一个人留在家里更方便。不用对着他的脸，这时间越长越好。因此，我每次都跟他说“这事非你不可，尽管去吧”，笑着送他出门。英雄似乎把我这种态度看成了我在忍耐。

“饿了吧？先坐下，慢慢来。”

英雄端来吐司和煎鸡蛋，我正吃着，他在我身旁坐下，摸摸我的脑袋。

“唉，还是起了个小肿块。”

“咦，真的？”我也摸了摸后脑勺。

“嗯。不过，肿块很小。幸亏你是仰面朝天向后倒的，那地方刚好铺着厨房地垫。而且，咱家垫子是慢回弹加厚型，对吧。如若不然，会磕出更大的肿块，还可能造成头盖骨骨折或大脑损伤。”

“好险啊。不过，长出肿块就代表没事了吧？这不是证明脑子里面没出血吗？”

“啊，这个是都市传说，”英雄一脸严肃，“再说，你知道肿块是什么东西吗？你认为那鼓起来的东西里面是什么？”

“里面……唔，我从来没想过这个问题。”

“里面是血哦。”

“咦，真的吗？”

“人的脑袋和身体不一样，脑袋上基本没有肌肉和脂肪，对吧？血从身体里的毛细血管渗出，会造成大面积瘀斑。脑袋里头出血，血却没地方去，所以，血会拱起皮肤，形成瘤状肿块。在医学上，这类肿块称为皮下血肿。”

“意思是血凝结成了一团儿。”

“对。如果受到的冲击足以形成血肿，当然也有足够的可能造成颅内损伤。因此，‘长出肿块就可以放心’是种极大的误解哦，不长肿块才是最好的。”

“原来是这样啊。”

“为慎重起见，还是去照个 CT 吧？”

“不必了吧。”

“观察了一晚，没有呕吐现象，我想应该没事。肿块也比较硬。”

“跟硬度也有关系？”

“嗯。软绵绵的肿块不叫皮下血肿，而是叫作 boujyoukenmakukakessyu.”

“帽状……什么东西？”

“帽状腱膜下血肿。帽状腱膜就是头皮和头盖骨之间的纤维状组织——”刚说到一半，英雄改口不说了，“抱歉，我又开始了，很无聊吧，这种话题。”

“不会啊，继续讲，我很感兴趣。”

“真的？”

“嗯。”

会这样答，自己也颇感意外。不知为何，现在，我想听英雄多说几句话。此前，我分明觉得他说话叫人腻烦，根本不把他的话往心里去。

“哇，那我可就来劲了啊。是这样，”英雄一下子高兴起来，继续说道，“那层腱膜像帽子一样包裹住头盖骨，所以叫这个名。至于软绵绵的肿块，是这层腱膜下，也就是比皮肤下方更接近头盖骨的地方破裂出血引起的，代表血液不被吸收、淤积在了那里。因此，比起硬邦邦的肿块，这种更叫人担心。”

“我都不知道，原来肿块也有分类。”

“嗨，一般人都不知道。”英雄呵呵一笑，“不过，了解了解肿块，是件好事也说不定。以后生了孩子，平地摔呀从高处摔下来什么的，大概是家常便饭。”

面对他这句冷不丁冒出来的话，我心中一惊。

“怎么了？”

“没……没什么。”

他在描绘和我在一起的未来——

我望着英雄那无忧无虑的笑脸，揪心感席卷而来。

这是什么？罪恶感吗？

为什么我会有这种感觉？

健全的男女婚姻关系中，只要有性生活，前方自然有该有的未来。可是，我在吃避孕药，我不可能给他生孩子。

英雄毫不知晓。

他不知道我憎恨他。

不知道我从一开始就无意与他构建未来。

不知道我脑子里只有陷害他的念头——

“为什么孩子容易摔跤，你知道吗？人渐渐长大后，个子接近八头身。但是，婴儿是四头身，对吧？婴儿的重心偏上，平衡感不好，很容易脑袋先着地，所以，一旦他们学会走路，必须时刻盯着他们。”

他笑眯眯地说着，仿佛自己的孩子就站在他面前。

“以婴儿的视角来看，咱家好多地方都很危险啊。咖啡桌是玻璃的，四角很尖锐。地柜也够呛。地板是不是铺点地毯更好？还有——”

说起这种话，他的语气竟如此温情脉脉？

原来，他也有这么温柔的表情？

我已然忘记随声附和，只是茫然地听着英雄一句接一句的讲。

“……绘里，怎么了？煎蛋没吃完。不舒服吗？”

“啊，不是，我没事。”

我赶紧把煎鸡蛋吃光。

“别勉强自己啊。躺会儿不？”

“我真的没事。”

英雄用双手包住我的脸颊，把我拉向他。本以为他要亲我，原来他是要额头贴额头。

“嗯……不烧啊。”

心跳加速。身体早就一次又一次地跟这个人交叠在一起，心为什么还会怦怦直跳？

“本来就没发烧啊。”

我慌慌张张地转开脸。英雄依依不舍地摩挲了一下我的脸，把手拿开了。

“真的不要紧？”

“嗯。”

“能正常活动吗？”

“能啊。吃完这个，我就去洗衣服拖地，再去做午饭。”

“不用不用，家务之类的不用做。问你能不能动，不是让你干这些。我是想说，你要是精神了，咱俩一起出个门。”

“出门？去哪儿？”

“嗨，哪儿都行，比如，看个电影。”

“看电影？为什么？”

“这话问的……约会需要理由吗？”

英雄眼中一派天真，他正注视着我。

“约会？”

“对，约会。自从生活在一个屋檐下，反倒一次都没出过门，对吧？去哪儿走走呗，好久没出门了，之后吃点好吃的，然后回家。”

“可是……既然能出门，你去上班不是更好吗？”

“这叫什么话，”英雄噘起嘴巴，“平时很少休假，所以，能休息时就要尽量休息。电影院和餐厅肯定都空着呢，我有权利在工作日里享受享受啊。”

“……知道了，那我去换衣服。”

“太好啦！我来收拾碗筷，你慢慢准备。啊，好期待啊。

今天有什么电影上映呢？我去查查。”

我瞥了一眼美滋滋地把碗碟往水槽里摞的英雄，起身走上二楼。

我坐在化妆台前，打好隔离跟粉底，打造出完美肌肤。再描眉，画清晰的眼线，涂口红，最后轻轻画上眼影和腮红。

之后，我站在镜子前，拿着衣服，来回来去地在身上比划。麻布曳地长裙怎么样？不，奶黄色太阳裙更能提亮肤色吧？要不，选这件藏蓝色V领上衣？穿这件，锁骨线条看起来很漂亮，上半身也显瘦，再配条带花的喇叭裙——

一直在壁橱里翻来覆去的找衣服，我忽然停住了。

为什么要为英雄打扮自己？这劲头十足的妆容又是怎么回事？

我合上壁橱，从小衣柜里掏出平时穿的T恤。套上不带任何logo的白T恤，穿上穿旧了的牛仔裤，之后，我又坐在化妆台前，用卸妆棉把妆卸掉。换回素颜后，我下了楼。

“绘里，斯皮尔伯格有部正在宣传的新片，听说口碑极好。看吗？”

正在玩手机的英雄换上了我送他的polo衫。这是结婚前的生日礼物，大牌儿。当时打算提前投资，对他相当豁得出去。不知从何时起完全不在乎怎么穿衣的他穿上这件衣服，说明他很期待今天这场约会。

“我都行，但这类电影不是你的菜吧？”

“难得约会一场，看看嘛。再说，结婚前，你总陪我看枯燥的电影，其实感觉很无趣，对吧。”

“哎呀，你看出来了？”

“因为你一直在打呵欠啊。”

英雄哈哈一笑。

他对我这身皱巴巴的装束并不在意，说了声“走吧”，愉悦地朝门口走去。

暴晒在毫不留情的阳光下，我俩走到大路上，打算打车去电影院。电影院入驻了大型购物中心，如果坐电车去，三站地的路程。我说自己能走路，要不就坐电车去，英雄毫不退让，说“今天天气太热，万一身体又不舒服了，就糟了”。

我俩并排坐在出租车后座上，英雄十分自然地拉起我的手。我惊慌失措。面对早该习惯的沉默，反倒在意得要命。

“我说……”

没想好要说什么话，总之，先打破沉默，我出声搭话。

“嗯？”

眺望窗外的英雄把头转向我，得赶紧找话题。

“我想问，你为什么不开车？”

“咦？你问为什么……绘里，你想要辆车？”

“没有，就是觉得没车可能不太方便。亚希子说你以前会开车兜风，上门问诊时，开车去也能更轻松，你却骑车去，上坡下坡时，挺陡的。住市中心的话，还能说坐车骑车比自己开车更方便，可咱家住郊区啊。”

“手握方向盘，人就得小心翼翼的，对吧。除了给病人看病，我不想消耗自己的精神。”

“哦，是这样啊。”

如此这般地聊着，我俩到达了目的地。

从车上下来往电影院走，这期间，英雄一直牵着我的手。在椅子上坐好后，我把胳膊搭在扶手上，他非常自然地把自己的胳膊也叠上来。电影开演后，他在各个剧情要点悄悄和我耳语，可他在说什么，我完全没听进去。当然，电影的内容也几乎没入脑子，我只是干盯着大银幕看。

“真有意思啊，偶尔看看好莱坞的片子，也不错。”

英雄依旧牵着我的手走出电影院，边走边说。

动作片很华丽，但并没有什么令人耳目一新的东西。即便如此，英雄看上去仍然很高兴——他的想法很单纯，他觉得好莱坞影星主演的大制作电影都应该很好看。

“你觉得怎么样？”

“我……我想想。”

没记住什么东西。我很着急，但还是说了句任何电影都适用的评价。

“大反派很帅呢。”

“是啊，很有味道，演技很细腻。”

方向好像没说错，我松了一口气。这之后，英雄继续阐述了一会儿他的观后感。

“绘里，饿不饿？现在吃午饭，刚好赶上饭点儿。”

“好啊，吃点吧。”

我不饿，但还是立刻回应了。在餐厅吃饭时，总不会还隔着桌子来牵我的手吧。

我俩走出购物中心，进了一家时尚的意大利餐厅。面对面坐下时，手总算自由了。

“想来点红酒，但昨天刚喝过，今天就忍忍吧。喝无酒精的鸡尾酒好不好？”

“好，你看着点就行，吃什么也交给你选啦。”

“明白。”

意面、披萨和肉菜盛在大盘里，端上来了。英雄切开披萨与我分食，帮我换干净盘子，快快乐乐地照顾我。看来，好久没出门，他乐坏了。

“吃完饭干什么呢？有没有想去的地方？”英雄边吃甜品边问。

“已经逛够了，有点累，我们回家吧。”

“哎？累了？没事吧？”英雄顿时担心起来。

“不要紧。你可真是，别这么提心吊胆的。”

“好吧。不许勉强自己啊，倦了累了要马上告诉我，好吗？”

我的一言一行牵动着他的一喜一忧，他的表情瞬息万变。别人一直围着自己转，是多么令人高兴的一件事啊。

“绘里，脸上沾奶油了。”

“咦，哪里？”

“这里。”

英雄用纸巾擦拭我的唇边，我感到很安全。

“啊，英雄你也沾上巧克力啦。”

“啊？沾哪里了？”

“下巴上。”

我伸出手，用餐巾给他擦掉，英雄羞涩地笑了。

跟别的男人这样相处，我感到很对不起忠时，愧疚感涌上心头。不过，我立刻察觉到自己这样想有些不对劲。

迄今为止，跟英雄约会过很多次、一起度过了很多亲密时光，从没觉得对不起忠时。我一直确信那些事是为忠时而做、是间接为忠时贡献力量，我有这个自信。

然而现在，我满心愧疚。这肯定是因为我今天太开心了，因为跟英雄一起出门太享受了。

不能这样。

我在心中告诫乐不思蜀的自己。

不要忘记自己的目标。

不要忘记自己是为了什么才身在此处……

“果然，你还是不太有精神。”

见我脸上忽然没了笑容，英雄皱起眉头，一脸担心。

“这就回家，我去结账，你坐着，等我回来。”

他从桌边起身，走开了。

截止此刻，我依然为英雄担心我而感到高兴。这样的我，我自己都嫌弃。怀着这种心情，我无力地靠在椅子上。

走出餐厅后，为打上车，我俩穿过巷子。英雄刚像之前那样牵起我的手，身后突然传来刹车声，紧接着，传来一声巨响。回头一看，一辆重型摩托撞在电线杆上，骑手模样的男性被甩了出去。戴头盔的男性一动不动，鲜血在路面上缓缓晕开。出事了！有人发出一声尖叫。

骑摩托的男性——我有种错觉，觉得那是忠时倒在血泊中。我呆呆地站着，身边的英雄一个箭步冲上前去，蹲在那人身边，费劲地把头盔往下摘，叫喊着，“有人吗！快叫救护车！”围观众人这才如梦初醒，纷纷掏出手机。

“一个人打电话就够了！穿红 T 恤的，你来打！”

穿红 T 恤的女性被英雄点名要求，慌慌张张地打了电话。

“喂喂？那个，有人骑摩托出事了，是个男的，好像已经晕过去了，血——”

“回头再说症状，先告诉救护车这边的地址！他们会立刻出发！”

英雄边指挥路人边干脆利落地检查了伤者的瞳孔状态，把耳朵贴在他胸前。查明上臂出血的位置后，将手臂放在高于心脏的位置，又脱下身上的 polo 衫，按压在伤口处。

“谁来帮我按住这里！不要碰血，塑料袋也好什么都好，裹住手再碰！”

一个年轻人手里拎着便利袋的袋子，他把里面的东西掏出来扔开，快速响应了英雄的指挥。上身只剩一件跨栏背心的英雄让年轻人尽全力压住伤口，自己则双手交叠，开始有规律地按压伤者的胸口。

按了好多下后，他捏住伤者的鼻子使其张开嘴，自己凑了上去。大口大口向内吹气后，伤者的胸腔鼓起来了。之后，他又开始做心脏按摩。

“拜托，再坚持一下。”

英雄浑身是汗，按完心脏，开始做人工呼吸。不知重复了多少个来回后，突然，伤者开始咳嗽。

“救过来了！”

不知什么时候聚集起来的一大群围观者发出欢呼声，英雄擦擦汗，像是松了口气，换下帮忙按压伤口的年轻人，开始自己按压。

“姓名，出生年月日，还记得吗？”

伤者用痛苦的声音作出回答，英雄听后立刻鼓励他：“脑子很清醒啊！救护车马上就来，没事了。”

救护车总算赶到了，急救人员抬来担架，一见英雄，满脸惊讶。

“啊，久保河内医生！”

“太好了，来的是你们，我就不怕了。三十五岁，男性，摩托车事故，全身带伤，曾出现心脏停跳没有呼吸的迹象，实施CPR后复苏，能自主呼吸。右上臂外侧有挫灭伤，有缝合可能。给第一医院打电话，问他们能不能收治。”

“明白了。”

一位急救人员开始打电话，其余人等把伤者抬上担架。

“医生，医院说接了急诊手术，人手不够，很难收治。”

“把电话给我。”

英雄接过电话，滔滔不绝地说起来。

“我是久保河内。有床位吗？只缺医生是吗？那我来处理。不，用不着上手术室。……谢谢，有劳了。啊，以防万一，做一下输血的准备。”

挂断电话后，跟随被担架抬上车的伤者，英雄也上了救护车。后车门一关，亮起警灯的救护车呼啸而去。从头到尾看完全程的围观者们放下心来，一哄而散。

直到现场一个人都不剩，我依然呆立在那里。

这样专注救人的英雄，我还是第一次见。

面对生命拼命挽留，此时在他眼里，没有我的存在。他的脑子里只有救活伤者这一个念头。在成为我丈夫之前，他是一个不折不扣的医生。

英雄的姿态是那样一丝不苟，我打心眼里尊敬他。

他肯定像今天这样拯救过很多很多人。他是真英雄。

骑摩托的伤者与忠时的样子重叠在一起，简直像英雄拯救了忠时一样。忠时坠楼时，有人目击到他曾不顾一切地挽救忠时。

心里第一次生出疑问。

这样的人，会去杀人吗——

一个人回到家，洗完澡后，正坐在沙发上发呆时，英雄回来了。

“绘里？对不起啊，扔下你就走了。”

他走进客厅，小心翼翼地观察着我的脸色。上救护车时，他穿着带血的跨栏背心，现在穿的是件普通衬衫，大概是放在医院柜子里的换洗衣裳。

“难得一起出门，真的很对不起。当时太忙了，顾不上你。”

“看你说的，我怎么可能生气呢，你是在救人啊。那个人现在没事了吧？”

见我是这种反应，英雄一脸如释重负。

“没事了。出血量很大，但没伤到动脉。跟出血量比，伤口倒是很浅，已经做了缝合。CT 无异常，也没骨折。”

“太好啦。”

“嗯……还有，抱歉，polo 衫算是毁了。你特意送我的礼物，却……”

“不用在意这个。它派上了用场，这不是很好吗。”

“我这人不在意怎么穿衣服，但这件我可喜欢了。‘这是绘里为我选的！’想想就好开心，可它却——”

“衣服嘛，再买就是了。反倒是你，为了救人可以毫不犹豫地牺牲自己喜欢的东西。你是这样的人，我好欣慰。”

“你能这么说，我……”

“累了吧？我去泡壶茶。”

我转向厨房，突然，英雄从身后抱住我。

“还有一件事，我得跟你道歉，”他把脸埋在我的头发里，“孩子……”

“嗯？”

“今早，我不是聊起过孩子的话题吗？说完这个后，你好像就不开心了。我一个人瞎展望，不好意思。”

“不是，你等等……”

“从你的角度看，亚希子出院后回了家，家里就更乱了，哪还有工夫照顾孩子呢。稍微动动脑子就能想通的事，我却那么神经大条。对不起，我再也不提想要孩子的事了。”

“能不能停一下！不是那么回事，我没说不想。”

说完后，我自己都震惊了。

没说不想？

没说不想是什么意思？

“我……我……”

我轻轻挣脱英雄的手，回身望着他。

那是我的梦想。我幻想自己能够再次怀上曾经失去的孩子，幻想用这双手臂抱孩子。梦里面，在我身边笑着的人是忠时。一直以来，我在心里描绘的都是这三个人。

然而现在，在我脑海里，婴儿身边微笑着的人是——

没错，我已经开始幻想了。幻想我、英雄和我们的孩子生活在一起。

这种生活，明明是不可饶恕的。

“……我是说，有孩子是早晚的事，但现在，我还没认真想过呢。”

大概是对“没说不想”的积极后续充满期待，英雄的表情稍微有些失望。不过，他马上笑起来，“嗯，你觉得时机合适了，我们再考虑吧。茶我来泡，你只管坐着。”

“但是……”

“听我的。丢下太太一个人走了，这是对我的惩罚。”

“好吧，那麻烦你啦。”

我乖乖坐在沙发上，眺望站在厨房里烧开水、拿茶叶的英雄。

“对了，小橱柜里有年轮蛋糕，玛德琳应该也有没吃完的。吃点不？”

“年轮蛋糕和贝壳蛋糕？不错，哪个我都很爱吃。”

英雄拉开橱柜门，“哇”地惊叫出声。

“还有树叶脆饼和饼干呢！怎么这么多好吃的啊。”

“病人送的呀。不是你拿回来的那些，还要更早些。”

“咦，还要更早？可为什么要藏起来呢？嗯哼，绘里，是不是想独吞呀？”

“讨厌，只是没想起来嘛，别胡说八道。”

“会胖哦——绘里，会吃胖哦——”

英雄忽地鼓起腮帮，我不禁笑出声。

“真是的，人家没有想独吞啦。”

“反正，你就是胖了，我也喜欢你。”

他把独立包装的年轮蛋糕和贝壳蛋糕摆在桌子上，边摆边说。

明明是个腼腆的人，这种话倒是能坦然说出口。

“看这场面，比起绿茶，更应该喝红茶嘛。”

英雄兴冲冲地准备好茶壶和茶杯，故意翘起兰花指，捏着小勺从红茶罐里取茶叶，放进茶壶后，又翘着小指往茶壶里注入热水。

“这是干什么，装模作样的。”

“不，鄙人一直如此。”

故意装出一副一本正经的模样，声音还低了一个八度，看着英雄这怪里怪气的调调，我哈哈大笑。

“啊，你在笑。真没礼貌，我明明走的是英国绅士范儿。”

“英国绅士会翘兰花指吗？我觉得压根不对啊。印象里，人家是啪地一下挺直腰板，手臂嘛，你看，像这样，要慢慢和身体拉开距离——”

“哇！要洒了！水要洒了！”

我俩边玩闹边合二人之力一起泡好了这壶茶。终于安安静静坐下来把茶杯送至嘴边时，我俩对望一眼，嘻嘻一笑。

“贝壳蛋糕真好吃啊。”

“嗯。年轮蛋糕也不错。”

面对面坐着，一起啜饮红茶一起大口吃甜点，好久没有这样放松了。

总觉得，心里痒痒的。又痒又甜的情绪盈满整个胸口。

不承认也不行了。

没错。

我……

我已经开始对他着迷了——

8

闹钟还没响，我就被雨声惊醒了。

听了一会儿敲击在屋顶和玻璃上的雨滴声。雨声合着身旁传来的英雄的呼吸声，使人心中安稳。

我朝英雄转过身。那是张毫无防备的睡脸。这张脸曾无数次激起我想要就此掐死他的冲动，可如今，对他的爱意油然而生。昨晚，和英雄做爱时，第一次觉得那并不痛苦。

被他那微微张开的双唇所吸引，我贴近他的脸。快要碰上他的嘴唇时，我立刻停了下来。

我在想什么啊。

不能爱上这个人。

不能被他所吸引——

我连忙拉开距离，深深地叹了口气。正打算悄悄下床时，英雄带着睡意，低声开了口。

“下雨啦。一直都很热，终于来雨了，谢天谢地。”

“……你醒着？”

“嗯。”

“什么时候醒的？”

“没多久。本来想睁眼，但感觉你好像要亲我，就装睡来着。”

“讨厌，哼。”

“为什么不亲我？”

“因为不好意思。”

“哎？我们是夫妻啊。”英雄不满地噘起嘴。

“肚子饿了吧？我去做饭。”

刚想坐起身，就被他拽住手腕拉了回来。

“闹钟还没响，再这么赖一会儿嘛。”

他从背后抱住我，撒娇似的用鼻子在我脖颈上蹭。我没动，侧耳倾听雨声，听了一会儿。隔着后背感受他的心跳声，感觉很舒服，舒服到想要就此融化在一起。

仿佛在呵斥这样的我，闹钟响了。这一次，我成功挣脱他的怀抱，关掉闹钟。

“好啦，该起床了。”

“你躺着吧，早饭我随便烤几片吐司就行。你病刚好，不要太拼命。”

“我没有拼命啊。”

他依依不舍地冲我伸手，我轻轻拨开他的手，走出房间。

下楼来到厨房，像往常一样，我开始做鸡蛋卷，热味噌汤，烤鱼。不知不觉间，我竟哼起歌来，反应过来时，我满心愕然。以前是打着小算盘做饭，想让对方认为我是个好妻子，如今却不同。现在，为英雄做饭，我觉得很开心，很快乐。

对自己这种心境上的变化，我感到不知所措，这么一耽误，味噌汤扑锅了，鱼也烤焦了。真要命，我边生自己的闷气边擦拭灶台。

“好像闻到很大的煳味，没事吧？”

换好衣服的英雄走进厨房。

“啊……对不起，把鱼烤煳了。我重新做。”

英雄赶紧从烤肉网上夹走鱼，放进盘子。

“哇哦，煳了个透呢。”

“我不是说要重新——”

“瞧你说的，这才是家的味道，我完全 ok 的。”

“那，至少紧着没焦的地方吃。”

“我不嘛，就想吃黑乎乎的地方。”

英雄把烤焦的那条放在自己那边，略好的那条放在我这边，飞快地给我俩盛好米饭和味噌汤。

“好，绘里，吃饭啦。”

他坐在桌前，微微一笑。我刚在他对面坐下，他道声“我开动了！”率先吃起来。

“哦哦，真的很苦。”吃了一口后，英雄笑嘻嘻地说。

“我说什么来着。还是重新做吧。”

“不要。绘里你也有失败的时候啊，想想这个，鱼就变好吃了。因为你总是能做出特别完美的饭菜，滴水不漏。”

“……是吗。”

“嗯。这样正好。”

我俩对视一眼，噗地笑了。

这个早上分明和以前没什么两样，可总觉得什么地方不一样了。我甚至觉得，那东西在闪闪发光。

吃到一半时，门铃响了。我和英雄同时看向挂在墙上的监控画面，是位举着伞的女人。

“好像不是快递员。不理比较好，肯定是搞推销的。”

“绘里，这么远你都能看清？好厉害啊。男的还是女的？”

戴着眼镜的英雄又是眯眼又是眨眼的，拼命盯着看。

“女的。你不是戴着眼镜吗，还看不清？”

“看不清，毕竟监控画面那么小。咦，绘里，你眼睛不是不好吗。”

“我？我双眼视力一直是 1.5 啊。”

“啊？可你的驾照上写着‘须戴眼镜’呢。”

我心里一惊。没错，佐藤绘里的驾照上的确是这么记载的。

“啊……是写着呢。考驾照时，刚好眼睛疲劳。”

“视力 1.5 都能疲劳到看不清吗？而且，还恢复了？”

“嗯，真的是巧合。人类的身体，挺不可思议的。”

对方是医生，说这种谎话能蒙混过关吗？我很焦虑。这时，像天降救星一般，门铃又响了。我站起身，走近监控画面。

是位很漂亮的女性。身穿驼色雨衣，挽着发髻，朴素的打扮。但是，皮肤很白，眼睛大大的，五官相当端正。这样的美人来按门铃，无论是劝你信教还是让你买化妆品，晕乎乎地把她请进家门的人或许还真不少。

“咦，是横山小姐。”

不知从何时起，英雄站在我身后，观望着监视画面。

“哎？你认识她？”

刚想问“这么漂亮的人你都认识？”赶紧又把话咽回去了。

“嗯，她是管上门问诊的协调人，有时一起去这去那。”

英雄按下通话键。

“横山小姐？怎么了？”

“太好了！医生您在家啊。今天的出诊行程表临时变更了，早起第一位病人是新田先生。给您打过好多次电话，都接不通，只好上门叨扰。”

“咦！不会吧。”

英雄边说边从胸前口袋里摸出手机。

“不好意思，关机了，我这就出门。雨天麻烦你，真不好意思。”

英雄立刻抓起出诊箱，往大门跑。

“‘有时’是个什么频率？”

“哎？什么有时？”

英雄正在穿鞋，听我一问，突然停下来，愣住了。

“你跟横山小姐一个礼拜见几回？”

“唔，这怎么算。差不多两三回吧。为什么问这个？”

“白天也一起吃饭吗？”

“啊？”

英雄眨了眨眼。

“绘里，莫非……你在吃醋？”

“咦？”

我很惊讶，我并没有意识到这一点。

“才不是呢，就是有点在意罢了。”

“这情绪，不就叫作‘嫉妒’吗。”

“才不是呢！”

“哎呀，我怎么就那么高兴呢。”

“唉，都说了不是了。还不赶紧出门？别让人家等着。”

“是是是。下着雨，就不用送我了。我走啦。”

英雄轻轻在我脸上亲了一口，笑着出门了。屋里剩我一个人时，刚刚听还觉得安稳的雨声忽然转成了寂寞的音色，心中百感交集。

忘了问他什么时候回家了，我边懊恼边走进饭厅。重新在桌边坐下后，英雄用过的饭碗和盘子映入眼帘。鸡蛋卷和味噌汤都打扫干净了，米饭和烤鱼还剩下一半。我把这两样拉到跟前，吃了起来。

即使把烤焦的部分剔走，鱼吃起来还是很苦。这种东西，还忍耐着吃什么呀。我傻呵呵地笑着，把饭和鱼吃完了，洗好碗筷。

之后，我打开吸尘器彻底清扫了一遍地板，给浴室除霉，擦洗盥洗室。刷了厨房的地板，水槽也亮洁如新，用漂白剂给切菜板和马克杯消了毒。把平时顾不到的电视机后方和电源插座周围的灰尘都小心擦拭干净后，冲了个澡。我感到很充实。

洗完澡后，打开空调打开电视，舒舒服服地坐在沙发上。我边擦干头发边看综艺节目，被搞笑艺人逗得开怀大笑。

笑着笑着，我注意到一件事。

忠时死后，我再也没有发自内心地笑过。然而今天，面对有意思的节目，我自然而然地跟着开心了一把。

以前把频道调到综艺节目和杂闻秀上只是为了做伪装。今天不但没伪装，连翻找这个家里的东西都没有做，而是彻底给家里做大扫除，满心欢喜——像个幸福的家庭主妇。

幸福？

我是幸福的？

想什么呢。现在不是琢磨幸不幸福的时候吧。

再说了，我根本就不应该迷上英雄。可刚才，我却下意识地吃起他用筷子夹过的东西。吃别人夹过的东西，若非因为爱，绝对不可能做得到。

喜欢上英雄，这是不可原谅的。这是对忠时的背叛。

唉，可是……可是……

英雄是那么温柔，那么诚实。如今，我不再认为杀害忠时的是英雄。

最终，并没有证据证明那是他干的，反倒是优秀的日本警察，调查结束后将他无罪释放了。打从一开始，他就没有任何罪过。

认定英雄是罪犯，找他的茬，恨他，憎恶他，或许是为了缓和我失去忠时的痛苦。不这样做，我活不下去。

英雄这样的人，不会夺走他人的性命。这不是推测，我已经改变想法，认定他不会。

那是桩意外。

不是什么杀人案。

——你这女人，真任性啊。

然而，我的罪恶感化成了忠时的声音，在我脑海中回响。

——就因为迷上他了，真相如何就不管不顾了吗？抢走佐藤绘里的人生不说，得到的结论就是这？

“不对，他从一开始就是被冤枉的，这就是真相。”

——你真的相信他？

“是啊，我相信他，打从心眼里相信，真的。”

手机一响，我回过神来。是亚希子发来的短信，短信里写着“后天就能出院”。

“呀，得赶紧赶过去。”

为驱散自己的罪恶感，我故意大声说给自己听，随后，冒雨出了门。

一进病房，亚希子一脸开心的样子，正在等我。行李已经用纸箱打包，分了数个箱子。

“哎呀，亚希子，这个我来干，你歇着吧。”

“没事。隔了好久终于能回家，我高兴啊。而且，能干的事我以后会尽量自己干。”

“对哦，的确是这样。稍微活动活动也有好处。”

“没错。不过，说归说，做饭这事还是打算全权委托绘里姐你。你看，不是有句话叫作‘女人不喜欢其他人进厨房’吗？意思是那里是自己的地盘。”

“我完全不讨厌啊，再说，那本来就是你的家啊。想做饭，我热烈欢迎。”

“不了不了，这可得划清界限。”

“说的好听，其实你只是不擅长做饭吧。”

“妈呀，露馅了。”

我俩边聊边收拾行李。她的病情能稳定下来，我真的很高兴。

住院时间一长，东西就会变多。毛巾和内衣、外衣、塑料马克杯和小碟、小刀、切菜板、书和杂志等等，一样接一样地从架子上往下取。要扔的东西归拢到一起，用塑料绳捆好。没想到，干这些活还挺累的。刚想休息一下，有人给亚希子送来了午饭。

“正好，该吃午饭了。我也买了盒饭。”

“好。”

大概是累了，亚希子听话地坐回了床上。她开始吃饭，我也坐在她身边，打开盒饭。

“能出院，挺高兴的，就是觉得有点寂寞。”亚希子边吃炖菜边说，“我跟同龄的朋友玩得很好，也很喜欢帮我做康复训练的医生们。唉，还有 IT 班，没法再去上课了，可惜。”

“IT 班？医院里还有这个？”

“嗯。没听说过吗？”

“完全不知道。这个课都学什么？”

“教编程什么的。工学部的学生们当志愿者，自愿来这里开班教课，做出来的游戏相当有水准哩。”

“可是，搞那些不会对人工心脏和医疗器械有影响吗？”

“没问题的，戴心脏起搏器的孩子都能来上课呢。”

“原来可以呀。不过，你和 IT，这组合还挺叫人意外的。我还以为亚希子你一直在做手工活儿呢。”

“那些活儿也喜欢，但住院时只做那些很难打发时间。网站和手机 App，我都做出好几个了。”

“这爱好真酷。”

“不是爱好哦，是一技之长。”

“啊……”

“即使是个家里蹲，我也想工作。”

“你说得对，抱歉。”

我太肤浅了。亚希子明明有独立谋生的打算。

对于我的失言，亚希子并没有在意，而是平和地讲了下去。

“大伙儿进步非常快，还分组写控制机器人的程序呢。有位志愿者叫须藤，他人很好，热情地教我写程序。”

是心理作用吗，说出这名字后，亚希子的眼神似乎亮晶晶的。

“这位须藤，是男的？”

“是啊。”

“难道说……你喜欢他？”

亚希子一下子红了脸。

“哎呀，绘里姐真是的！要对我哥保密哦。”

“你俩在交往吗？”

“只是在医院的咖啡厅喝过几次茶。”

亚希子的脸更红了。我冲她微笑着，同时，也很高兴。她的青春没有虚度。

“那，出院回家安顿好后，请他到家里来做客怎么样？我做一桌子好菜，好好招待他。”

“真的？我好开心啊！”

亚希子满脸喜悦。

“说起这个，把这东西带来倒是对的。”

吃饭盒饭后，我盖上盖子，从包里掏出好几本商品目录。

“啊，装饰品和日用品！”

“之前就觉得亚希子你房间怪单调的，多摆点可爱的家具就好了。招待他来家里玩，更得布置得好一点。”

“哎呀，谢谢！我哥就不会考虑到这一点。”

“你慢慢看，休息一下，打包行李的事我来。”

“好，那我就不客气啦。”

亚希子高兴地翻开图册，我在她身边忙活，从架子上取下各种东西。做手工活儿用到的布料棉花等物堆得到处都是。

“哎？”

这堆东西后面，放着一台笔记本电脑。

“这是你的电脑？”

“啊，这个呀，哥哥的，突然拿过来塞给我。什么时候来着……哦，对了，被抓起来之前。唉，那段时间可真要命啊，想起不开心的事来了。”

我心里咯噔一下。是不是预料到自己家要被警察搜查，所以把电脑拿到这儿来了——

亚希子无视脑内一片空白的我，继续说话。

“给我时，说这东西是个累赘，让我先收着。当时，我还不知道会发生那件事，也没想过警察会把我哥抓走，就随口答应着收了，手里还做着活儿呢，几乎连头都没抬过。后来，听说他被抓了，我哭得昏天黑地，心想，万一以后再也见不着我哥，可怎么办？我很后悔，觉得自己应该珍惜和他在一起的时光。”

小巧的笔记本电脑不会是累赘。无忧无虑的亚希子似乎并没有把那件事和这台电脑联系在一起，但在我看来，这举动只有一种解释——英雄是来这里藏证据的。

亚希子大概认为英雄被抓那事已成过去，话题立马转移到了孩子气的内容上，这个窗帘很时髦呀想跟地毯配成一套呀之类的。

可是，她那番话始终回响在我耳边。英雄把这台笔记本电脑交给她，让她保管，这件事充斥了我整个大脑。警方未曾搜寻到的证据，是不是存在了这台电脑里？

唉，为什么到现在还——

“这东西……跟换洗衣服放在一起，我拎回家了。出院当天忙叨叨的，容易磕坏，今天先带回去吧。”

我装出若无其事的样子，把笔记本电脑放进行李箱里。行李箱是上次拿来的，装着换洗衣服，走时没带走。

“谢谢。抱歉啊，它挺沉的。”

“没事。”

我努力挤出一脸笑容。

“真的，我每次都在想，跟我哥结婚的人是绘里姐你，真是太好了。绘里姐，以后哥哥也要拜托你照顾啦。”

亚希子带着发自内心的喜悦，这样说道。

我顶着雨，拖着行李箱朝车站走去。想尽快确认电脑里有什么，又不想去看，情绪左右摇摆，拉着行李箱的手感到异常沉重。

“绘里！”

检票口处，有人在叫我。我吓了一跳，停下脚步。英雄正站在那儿。

“真巧啊。难道说，你刚才去了亚希子那儿？”

“是啊。收到她短信了，说是能出院了。”

“下着雨还让你跑一趟，真不好意思。”

“你这是去哪儿？”

“去下一个病人家。”

“哦……”

“发生什么事了吗？”

“嗯？”

“感觉你没什么精神。是不是亚希子让你干这干那，勉强你来着？”

“没有，我没事。回家后我会多休息，不要紧的。”

“五点多我应该能到家了。”

“知道了。”

“今天中午，我一个人吃的午饭哦。”

英雄冲我挤了挤眼，踏上通往地面的台阶，走了。我莫名其妙，呆呆地目送他远去，最后，终于意识到他指的是我今早在意的那件事。一脸天真乱吃飞醋这种事，似乎已是遥远的往事。

进了家门，疲惫感忽然席卷而来。

我把被雨淋湿的行李箱擦拭干净，把东西都掏出来，该送去亚希子房间的放进她房间里，该洗的衣服扔进洗衣机。

可是，一不小心想起那东西，活儿就干不下去了。我下定决心，从行李箱里取出笔记本电脑。插上电源，按下开关，随着电脑启动，心脏也跳得越来越快。我做着深呼吸，这样告诉自己——

这只是台过时的电脑。

我不过是看亚希子不要了，才从病房里把它带回家。

没有别的意思，也不可能找到任何东西。

再说，反正我也不知道密码……

屏幕上出现了电脑制造商的 LOGO，本以为接下来会提示我输入密码，画面却直接跳转到了桌面。

我咽了咽口水。

桌面很简洁，只有垃圾桶和我的文档这两个图标。双击我的文档后，子文件夹被调出。各文件夹的文件名只用数字，从 001 开始，顺序排列，非常整齐。试着点开 001，再点开里面的文件，密密麻麻的，全是英文。大概是论文或什么之类吧。其他文件夹也一样。

嗽，这不就是台工作时使用的电脑吗。

我放下心来，不由得苦笑一声。

真要命，我到底是怎么搞的？行了，得去做晚饭了。好不容易把浴室收拾得亮洁如新，得享受一下。天气虽然炎热，今晚还是放缸热水，慢慢洗去身上的疲惫吧。对啦，有薄荷油可以用。往热水里滴一些会有清凉的香味，擦拭完身体后，会很凉快。

我边美滋滋地琢磨这些边习惯性地点开一个文件夹，打算再看几个就关机。无意中点开下一个文件夹时，与之前看到的只包含文章的文件夹截然相反，这个文件夹里放着全彩心脏图片。图片上书“人工心脏的未来”几个大字，图像下方写着“今后预定开发的人工心脏与以往那些不同，可半永久性地使用，故此，招募出资人”。

这不是跟忠时制作的宣传手册一模一样吗？为什么英雄会留有电子版？

我点开下一个文件。资料是同一个，但加入了新型人工心脏构造图，还在上面放了详细的说明文字。

这些……是英雄写的？

我一直觉得很奇怪，不具备专业知识的忠时为什么能制作出那样详尽的宣传手册？如果内容是英雄写的，就可以理解了。

可英雄的动机是什么？是为了帮助忠时吗？不对……英雄说过，正因为宣传手册里的内容很专业，且有正确的知识点来佐证主张，所以他才彻底相信了忠时，从未怀疑过那是诈骗行为。

既然如此，宣传手册肯定是忠时自己制作的，这样才合乎逻辑。

按文件标明的时间顺序一个个点开后，说明文字逐步增多，也越来越专业，简直像英雄花了好多天时间边做注释边推敲用词，且每推敲一次就保存一次一样。为什么他要——

我猛然一惊。

该不会，英雄是共犯吧？所以他才主动帮忙。有这可能。想到这里……不对，我否定了自己。这不可能。英雄没有理由与忠时联手实施犯罪。

既然如此，为什么会这样？

为什么编写宣传手册的是英雄？

准备了如此数量的说明文字、图片和构造图，与其说是帮忙，不如说，宣传手册完全是英雄创作出来的。这么一看，别说共犯了，他根本像是主犯——

“我回来了。”

大门开了。我赶紧关上电脑。我急得转圈圈，想找个地方把它藏起来，于是，飞快地把它塞进电视柜下面。

“你回来啦。真够早的，不是说过了五点才能回来吗？”

“尽量往回赶了呗。那会儿看见你，觉得你脸色不好，很担心你。”

“我没事的，你对人可真温柔。”

他在我脸颊上落下一吻。

没错，他很温柔。

一如平日的英雄那样。

然而，我却后背发冷，全身上下毛发悚立。

9

第二天也下着雨。

阳光并不强烈，可屋里屋外却弥漫着闷热的湿气和热气。即使一直开着空调，每次去走廊和卫生间，依然被令人不舒服的空气所包围。

英雄一大早出门上班后，我一直站在厨房里，一个劲儿地切蔬菜，切水果，做三杯酢调味汁和沙拉汁，做烤肉酱汁，来缓解心情。

无论是握着菜刀切什么还是搅拌着什么，始终都很在意藏在电视柜下面的笔记本电脑。为防止英雄找到它，明明已经藏到了他看不见的地方，还是对它周围的环境在意得不得了。

无数次被冲动所驱使，想掏出那台电脑把里面的文件全都确认一遍，可又害怕自己找到些什么。从前，我拼命寻找英雄杀害忠时的证据，可现在，我期盼自己什么也发现不了。我认定昨天看到的东西不过是一时看错而已。

我好任性。这我明白。可是，这是我当下的真实心情。

疑惑的种子被再次种下，随着时间的流逝，它的根系扎得更广，它会发芽，越长越高。尽管如此，对英雄的爱意却无法消失。他上班时，我感到寂寞，即使是现在这种状况下，也还是希望他能够早点回家。想看着他，想和他牵手，想让他抱着我……不断膨胀的质疑快要把这颗心撑破了，可同时，我又恋慕着英雄。夹在质疑和爱意之间，心快要被撕裂了。

从什么时候开始，爱他爱得这样深了呢。

怀着无法承受的质疑，我认命般地闭上眼，接受了他的亲吻。

就算……

就算杀了忠时的的确是英雄……

罪孽深重的也是我，一个这样的我——

听到大门开合的声音，我清醒过来。

“我回来……哇，好厉害。”

英雄探头瞅了瞅厨房，见各种容器在桌面上摆成一条长龙，睁大了眼睛。

“回来啦。哎呀，衬衫淋湿了，雨还那么大？”

“是风太大。话说你这些东西……”

英雄把脸凑近桌面，仔细端详各式各样的容器。

“有蔬菜有水果……都是些啥？难道今晚就吃这些？”

“怎么可能，就是些常备小菜和调味料。腌泡菜、水果醋、果酱、葱油汁、橄榄油调的油醋汁、蒜香酱油……”

我指着那些玻璃密封瓶和保鲜盒说。

“种类可真丰富啊。嚯，水果醋里有橘子、猕猴桃和蓝莓，五颜六色的，很漂亮啊，跟装饰品似的。”

“也可以装饰家里，瞧着乐呵乐呵。据说，外国人也会随季节做这些，又看又吃。吃完后，拿下一季的水果再做一些，摆着看，一年四季，享受这过程的人很多。所以，我也想拿来装饰一下。”

“可是，天气这么热，拿来当装饰不会坏掉吗？”

“夏天的确会坏，但放进冰箱里，冰糖就不会融化。融化前，我会好好享受的。”

“唔，看来，厨房的风景要变靓丽了。不过，这数量也够惊人的。二、四、六……大概有三十多瓶吧？”

“对不起。”

“这有什么好对不起的。我就是吓了一跳罢了，辛苦你了。”英雄莞尔一笑。

果然，看到他我就很开心。怀疑也好，胆怯也罢，都在喜欢这种心情面前败下阵来。

“我去洗澡啦。”

“出来就能开饭？”

“能，我都饿扁了。今天吃什么？”

“牛排。”

“绘里，你是最棒的！”

英雄冲我挤了挤眼，往盥洗室去了。

把肉烤一下就完事，搭配的土豆泥和焯好的蔬菜已经有了。总之，得先把桌子收拾好。

我再次瞅了瞅摆在桌面上的，或者该说占了一桌子的瓶瓶罐罐。它们简直像我那非同寻常的精神状态的实际形态。蔬菜条和五颜六色的水果醋、调味汁、酱料……各自分开看都很正常，可像这样聚集在一个地方，看起来就混乱不堪。

漂亮的，黑乎乎的，晶莹剔透的，浓稠又浑浊的，甜的，酸的、辣的——这些或许就是我的瓶装罐头，装感情的。

把调味汁和酱料收进冰箱，把五颜六色的水果醋玻璃瓶摆在橱柜上，但橱柜上摆不下，就把餐具柜里的东西挪了挪，腾出地方摆了进去。剩下的先搁地上，不然来不及吃饭了。我把放调味料的厨房小推车尽可能地往远处推，把玻璃瓶摆在空出来的地板上。

“疼！”

把瓶子往地上放时，手背不知碰到了什么，一阵剧痛。仔细一看，出血了。

“绘里，怎么了？”

洗过澡换好便服的英雄走进厨房，一看见血，吓了一跳。

“咦？怎么回事？菜刀切着手了？”

“不是，不是菜刀……我也不知道。突然就这样了。”

“你等一下。”

英雄从盥洗室拿来消毒水和棉片，小心地为伤口做消毒。

“太好了，没什么大碍。我来给你个伤快点好的魔咒。”

贴上创口贴后，英雄想在我手背上亲一下。可不知为什么，我条件反射般缩回了手。我吃了一惊，英雄也一脸迷茫。为掩饰慌乱，我将视线转向那些玻璃瓶。

“也许是瓶子上有缺口？”

“我看看。”

英雄把瓶子倒过来查，又对着灯光瞧，一个一个地检查。

“啊，原来如此，”大概是找到了什么，英雄一副相当明了的口气，“地上有这东西。”

他站起身，手心里躺着一片小小的、形状尖锐的白色碎片。

“这是什么？”

“盘子碎片。你上次摔碎的那些。”

“啊……”

不规则的三角形碎片。

“骨瓷碎片？”

“我以为当时打扫得很彻底呢，对不起啊绘里。”

“又不是你的错。”

“以防万一，用吸尘器再吸一次吧。”

“要吃饭了，等会再说，不然会有灰。”

“好的。那，吃完饭后，我来打扫。”

“谢谢，我马上煎牛排。”

迅速煎好两面，浇上刚做好的蒜味酱油，就完成了。拿腌泡菜当开胃小菜端上来，英雄边叨叨好吃，边喜滋滋地把泡菜吃个精光。

“话说回来，你可得小心啊。本以为收拾得挺完美，碎片还是会在这种意想不到的时刻，从意想不到的地方蹦出来，人就会受伤。”

“是啊。”

“还好不是脚底下踩到碎片。”

“别说啦，想想都觉得疼。”

“的确。”

我俩边大口嚼着牛排边对视，呵呵一笑。那是互诉爱意的温暖视线。一如平日，我们还是我们。也许，还是这样更好。持续下去，不要变。

什么都不要在意。

就这样与英雄白头偕老，这样就好。

忠时的死是场意外，而我只是偶然间于坎坷的命运中与英雄相遇，并结了婚。如此而已。我的过去，英雄的过去，和如今的我俩都没有关系。

继续和英雄一起生活下去，总有一天，我会生孩子，建构起一个普通的幸福家庭。那台笔记本电脑，我再也不看了。

我要埋葬一切。我不想毁掉现在的生活。

明天，亚希子出院后，让她自己把电脑还给英雄吧。不……还是现在就说清楚的好，就说“你的笔记本电脑，我帮你收着呢”。我避免话题转向生硬，先聊聊亚希子的事。

“还好在亚希子回家前发现有碎片，回头伤着她就不好了。她得比别人加倍注意，不能感染，对吧？”

“是啊，的确如此。”

“还有什么要注意的地方吗？为了方便亚希子对楼梯扶手和门把手进行消毒，我打算在各个地方都放瓶酒精喷雾。”

“这就足够了。为了亚希子，你做这做那，太感谢了。”

“我把她当亲妹妹一样看待，很期待她回家。安顿好后，为庆祝出院，搞一次聚餐吧。亚希子有想要请上门的人。我已经跟她说好了，要做顿大餐。”

“想请人来家里？这还是头一遭。难道说，对方是个男的？”

突然警觉的英雄怪有趣的，我笑起来。

“亚希子也不小啦。”

“这小东西，会跟绘里你谈这些？”

“这是闺蜜悄悄话。”

“呜哇，你们不带我玩。”

“她说，出院后，有好多事想做。比如，想买些可爱的家具。哦，还有，她从没在照相馆里拍过照片，说是想打扮得漂漂亮亮的，去拍几张。”

“这样啊……这些话，她从来都不跟我讲。果然，男女有别啊。”

“说起照片，咱俩几乎没照过呢。别说上照相馆了，连快照都没有。”

“是啊，真没有。绘里，你要是想照，陪亚希子去的时候，咱俩也可以照啊，拍套结婚照什么的。”

“不，不用了。”

想起和忠时拍过的婚纱照，我摇了摇头。

“对了，亚希子给我看过你以前的照片。你以前打扮得相当花哨嘛。”

“嗯？”

“照片呀，装饰病房的那套。”

"啊，那些呀。"

我以为他会笑，没想到，他露出了阴沉的表情。

"因为我那时是个蠢蛋啊，不好好学习，就知道瞎晃，不是个东西。"

"哪有这种事，现在你不是很出色吗？那时候的照片，还有吗？"

"没了吧。本来我就不喜欢照相，被人拍，拍别人，都不喜欢。对风景什么的也没兴趣。那种照片，她怎么还留着呢。"

"住院很无聊嘛。可能是想把很多东西摆在手边？所以行李才超多，打包的时候挺费事的。"

"前前后后的忙，麻烦你了。要运行李，还要办出院手续，本来想跟你一起去，但工作实在排不开。"

"没有要怪你的意思啦。昨天，能拉回来的我已经带回来了，反正有多少都得打车，没事。"

"谢谢你啊绘里，真的，太省心了。啊，还有件事。"他欲言又止，一副犹犹豫豫的模样，又用满不在乎的语气继续问道，"行李里边，有没有一台笔记本电脑？"

心里咯噔一下。原本打算自己提出这话题，但他这影影绰绰的犹豫态度令人在意，我不禁噤了声，没有答他。

"交给她保管来着，行李里应该能看得见。"

"我拉回来的这批东西里没有电脑。"

瞬间撒了谎。

"不过，笔记本电脑这东西，为什么要交给亚希子保管啊。"

“也不是……啊，对，不是让她保管，是我去看她时落在她那儿了。”

他在骗我。果然，那台电脑里有门道。

“咦，落在那儿啦。她没还给你，你不觉得不方便吗？”

“那台电脑不怎么用啦。”

“哦……用来娱乐的？”

“是啊，差不多。”

“我觉得你没有娱乐活动。你用那电脑做什么？”

“呃，”英雄含含糊糊地说，“就……处理处理照片。”

“你刚才不是说，对照片没兴趣吗？”

英雄语塞了。

“……绘里，为什么要这样追根究底的问？”

“咦，我没追根究底啊。就是想多了解点你的事。”

“为什么？我们是夫妻，已经生活在一起了，你还想知道些什么？”

英雄沉下脸来。这相当罕见。

“我没别的意思，就是觉得，你这人好神秘啊。”

“没什么可神秘的。我就是我，所见即所得。”

“这是怎么了，到底。你在回避什么？”

“你才是，到底在追问什么？”

不再亲昵地喊我“绘里”，突然改用生硬的第二人称和我说话了。

“我没追问什么呀。真没有。不要因为这点小事就生气。”

“对不起……”英雄像吃了一惊似的，低下头说。

“这可真不像你。”

“……可能今天太累了。”

“那就躺下吧。”

“嗯，好。睡前，得开一下吸尘器。”

“我来收拾。”

“没事，两下就做完了。”

英雄拿出吸尘器，飞快地扫荡了一遍碎片出现的那块区域，之后，道声“晚安”，上了二楼。

平时，英雄既沉稳又温柔，今天似乎看到了他的另一面。他并没有厉声说话，也没有诉诸暴力，可我感到他身上有一种幽深的愤怒感。

这个人，原来还有这样子的一面。突然觉得，英雄变成了陌生人。另外，在笔记本电脑的事情上敷衍我，果然很反常。

我悄悄走进卧室，贴近床边。可能真的累了，英雄轻声打着呼噜，已经睡着了。

我重新回到客厅，下定决心，从电视柜下面掏出笔记本电脑，拎到铺榻榻米的那间屋里，关上推拉门，把电脑放在小矮桌上，启动电脑。为保险起见，我打开一本杂志并立起来，把电脑藏在后面。

昨天，只是点开文件进行确认，我已经精疲力尽。如果免费邮箱的账密一直是登录状态，收件箱会自动接收邮件，这些也应该能看到才对。此外，还要查一下书签和浏览记录。

我很迷茫，不知该从哪里看起。想想，还是决定接着昨天的那些东西看。没猜错，同属于人工心脏宣传手册的数据还有很多。查了好多个文件夹，点开一个命名为“照片”的文件夹后，缩略图一排一排地显示出来——我僵住了。

很多很多我的照片。不是作为佐藤绘里的我，是身为川崎咲花子的我。

用颤抖的手指一张张点击开看，有和忠时在一起时拍的，有一个人时拍的。很明显，全都是偷拍。

——为什么？

我感到头晕目眩。

查清电脑里剩下的文件全都是我的照片后，我点开收邮件的软件看了看。密码已经存过，很容易就进到了收件箱里。这是个免费邮箱，没听说过这种邮箱地址。

这账户只收到约十封邮件，但是，一看到邮件列表里的标题，我又睁大了双眼。

每封邮件的标题都是“川崎咲花子氏一事”。按已发送列表里英雄发出去的回邮来推测，好像曾委托征信所调查过我的去向。我舍弃了川崎咲花子这个身份消失在世间，此后，每隔数月，就会有一封调查报告发过来。报告里写的是，我没有回到公寓的迹象，向公寓里的住户和附近的商店打听也没有人目击到我，信用卡和借记卡没有使用过的迹象，且每次都以“依然生死未卜”来做结语。

以前，他为什么要调查我？

不对，最新的调查报告是两周前收到的。可能是用其他电脑和手机登录过，这封邮件被标记为已读状态。这就代表，眼下他仍然在调查我。

到底是为什么？

“……绘里，你在干什么？”

不知何时起，推拉门被拉开了，英雄正站在门口。我赶忙合上电脑，用一直立着的杂志盖住它。是不是被他发现了？

“想舒舒服服地看几本杂志。怎么了？睡不着？”

心跳得厉害，我尽量用自然的语声说话。

“本来睡着了，有点渴，就醒了。”

“哦。”

“那会儿凶你，抱歉啊。太累了，人就神经兮兮的。”

“没事，犯不上道歉啦。”

英雄跪坐在我身后，从背后抱住我。

“被绘里你嫌弃的话，我可就死路一条了。”

英雄变回了平日里温文尔雅的他。照这情况看，他肯定没注意到笔记本电脑的事，我松了一口气。

“怎么可能嫌弃你，是我逼着你跟我结婚的呀。”

英雄噗地一笑，似乎很怀念。

“可不是么。你突然出现在我眼前时，我吓了一大跳。”

“我想见你，所以拼命追着你呢。”

“你一直都很惦记我。”

“是啊。从参加后援会开始，就惦记上你了。”

“关于这件事，绘里，”英雄的声音透过紧贴的后背与我的内脏产生共鸣，“你真的参加过后援会？”

“……哎？当然参加过。为什么要这么问？”

“因为会长说，她不认识你。”

又是生硬的第二人称。突然感到和他有种距离感。

“什么会长？”

“后援会的会长啊。”

“哦……以前说过啦，我是最后加入的，只参加过一两次活动。后援会里不是有很多会员吗？会长也不能挨个都记住名字吧。”

“可是，名册里没有你的姓名。”

“……名册？”

后援会还做了这个？

“唔，没往上写吧，我露脸的时间真的特别短。”

“会长说，那是不可能的。”

“嗯？……为什么？”

“说是就算入会一天，也会给会员们上志愿者保险，因此，名册上必然会留下名字。”

与他前胸紧贴在一起的后背很温暖，然而，后背却一阵阵地起鸡皮疙瘩。

“唔……我是匿名参加的。”

“会长说了，以前做活动时曾有志愿者受伤，自那之后，入会的人必须承担上保险的义务。既然如此，绘里，你是怎么参与活动的呢？”

“为什么要这样刨根问底？”

听了这句后，英雄沉默了。少倾，轻笑声从耳边掠过。

“你说得对，这都无所谓。今天咱俩到底是怎么了。”

英雄松开我，在我身边坐下。

“前几天，好久没联系的会长给我打来电话，是迟来的结婚喜讯。当时，我问了一下你的事，对方说不认识你。我觉得这件事挺不可思议的。当然，现实中肯定有不少匿名参加的方法吧。”

“对，有的。比如在发传单的环节主动加入。”

我冲他笑着，却掩饰不住那股生硬感。英雄似乎没有注意到这种生硬感——不，又或者，他是假装没有注意到。他大大地伸了个懒腰，站起身。

“好，喝口茶我就睡了。你还要继续看？”

“嗯，再看会儿。”

“明白了。那我先走了，……Nacht”

“嗯？什么？”

“Gute Nacht.”

我一脸纳闷，英雄试探性地注视着我。

“是意大利语哦。”

我倒吸一口凉气。

“啊……是啊。在意大利生活是很久很久以前的事，难记的单词我已经不记得了。”

“哦？‘晚安’这种日常寒暄话也不记得啦。”

推拉门被关上了。我听见他开关冰箱、倒茶、把杯子搁在水槽里，之后，他上了楼。

紧张感一下子散去，我趴在了笔记本电脑上。

电脑在我这儿，我一直在看。他是不是已经察觉到了这一点？

不，还有件事，比这个更重要。

我的照片，关于我的调查报告，以及刚才那场对话。莫非，英雄已经知道了我的真实身份——

我一夜没睡，醒着迎来了清晨。

暴雨渐渐缓和下来，直到雨停，我一直都在卧室窗边向外眺望。几日未见的清晨阳光既健康又耀眼，令人思考英雄身上出现的不对劲和心里对他升起的疑问是否都是些误解。

然而，并不是误解。之所以这样说，是因为英雄持有川崎咲花子的照片，调查她的行踪，并开始对佐藤绘里产生疑问。这些都是无可动摇的事实。而且，他还持有不该存在于他手上的、让人投资人工心脏的宣传手册的数据，且持有多个版本。

闹钟响了，可英雄还在优哉游哉地睡着。

“不早啦，该起床了，我去做早饭。”

叫醒他之后，我走进厨房，备好早饭。我和英雄一起笑意盈盈地坐在桌边，拼命塑造与平日别无二致的清晨时光。送走英雄后，为迎接亚希子出院，我走出家门。

事已至此，在他眼里，我是什么形象呢。勤勤恳恳地做饭、无论何时都笑眯眯地待人、被他抱就坦率交出身体的女人。自认为自己骗人骗得很高明，这样的我，他会满心嘲笑吗。

假如……

假如英雄已然发现了我的真面目，却装作一无所知的样子继续这种婚姻生活……

或许，目的只有一个——杀了我。

只要我也消失在这个世界上，就没有什么能够威胁到他。

我从来没翻出过他的手掌心，想到这里，后背就冒凉气。

我的命运全掌握在他的手里，他随时都能把我捏死。

今后，我该怎么办才好呢?

总之，眼下绝不能让他意识到我已觉察出他识破我真面目这件事。

平平淡淡、一如既往地表现自己。如果英雄想让我在他手心里翻腾，我就做好自己，扮演一个自认为完全骗过了丈夫的蠢女人。

被不同于往日的紧张感所影响，我的全身上下都很僵硬。

走进病房，亚希子还在吃早饭。见我来了，一下子睁大眼。

“呀，绘里姐，来得太早啦！一会儿还要取血呢，好多事都没做。”

“你要出院，我很高兴，转来转去静不下心，就过来了。”

总不好和她说自己害怕待在有英雄的房子里。糊弄糊弄她吧。

“真是的，绘里姐真会说话。”亚希子倒是一脸开心。

“哎呀，行李又变多了。”我瞅着堆在墙边的纸箱。

大概有八箱。可能是院方送给她的，纸箱上印着规规矩矩的字体，都是些药名或医疗器械的名字。

“毛线娃娃之类，我做太多了。虽然轻，但很占地方。还有些病友们送的饯别礼物，各式各样，收了很多。”

亚希子的语调听来很寂寞。

“和大家分开，还是很孤单？”

“嗯。能出院，当然很开心，但毕竟我们每天都在一起啊，比跟哥哥在一起的时间都长。对我来说，他们跟家人是一样的。”

“这样啊。你说得对。”

“而且……”亚希子顿了一下，“以后可能再也见不到她们了。”

心里一痛。我想起她曾说过，迄今为止，她目送过很多朋友离世。亚希子在家休养时，有可能是同伴们的生命被病魔夺走，也有可能是她自己离开这个世界。

瞅瞅箱子里头，尽是五颜六色的包装袋和丝带。他们是怀着怎样的心情准备这些礼物的，而亚希子又是怀着怎样的心情收下的呢？——想想就觉得心里发闷。

“好厉害啊，这些东西。这箱是点滴袋，那箱是针头……乱七八糟的，是不是好可疑？”

像打算驱散湿漉漉的空气一般，亚希子用明快的语气说道。

“特别可疑，出租车会拒载吧。”

哈哈，我俩对视一眼，笑了。

吃完早饭后，又过了一会儿，护士来取血了。之后，主治医生最后一次到她这里来查房。听取过在家休养的要点和今后出入医院来做检查的注意事项后，终于能正式出院。

亚希子换衣服时，我把洗漱用具和睡衣这类眼看就要用到退休的东西塞进纸箱。她那裸露的上半身不经意间闯入我的视线。从侧腹部伸出体外的管子，看着就很疼，我不禁移开视线。

“我先下去了，办出院手续，顺便结账。”

“明白。换好衣服后，我马上下去。”

把纸箱都堆在从护士值班室借来的带轮小推车上，乘电梯下楼。在柜台就出院手续与人进行公事公办的对话时，我被拉回现实。一想到英雄，心情就很沉重。

不知道该用什么样的态度去面对他。不过，今后有亚希子每天和我一起待在家里，一想到不用和英雄单独相处，就松了一口气。

“久等啦！”刚好，结完账时，亚希子也下来了。

看见身穿便服的亚希子站在我面前，我瞬间将英雄的事抛之脑后，不由得想哭。

头发比平时打理得更整齐，清爽的蓝色灯笼袖套头衫，质地良好的白色长裙——活脱脱一位健康又幸福的、讴歌青春的年轻女性。

她拎着一个小挎包，是之前自己缝制的，上面有可爱的印花。任何人都难以想象，小包里装的是维系她生命的人工心脏的电池。

“今天穿的胸罩，是从绘里姐你上次拿来的商品目录里买的。谢谢。”她嘿嘿一笑，在我耳边悄悄说道。

这笑容无比灿烂，十分鲜活，果然跟待在病房里时不一样。

“妆也化啦，你很漂亮。”

“谢谢。划哥哥的卡，买了个够。”她吐吐舌头。

对这孩子而言，英雄是无可替代的、温柔的哥哥——即使是个杀人犯。

我俩推着放满行李的手推车来到医院外，把行李搬上等在门口的出租车上，回了家。

“哇！到家啦！”

刚一打开门，亚希子就高兴地喊出了声。她脱下鞋扔在一边，穿过走廊，来到客厅。

“哎呀，还是家里舒坦。”

“看房间不？”

“要看要看！”

“稍等。”

把纸箱全搬进来后，我用消毒喷雾给楼梯扶手消了毒。

“谢谢你呀绘里姐，什么都要操心。”

亚希子握紧扶手，慢慢走上楼梯。我跟在她身后，万一她一脚踩空，我也好有个照应。

“好可爱！真漂亮！”走进房间的亚希子双眼放光，在屋子中间转了一圈。“床单超可爱，窗帘也换了新的。我好激动哦！真的非常感谢！”

“家具和日用品，照你的喜好慢慢堆满吧。”

“我会的！哎，还是自己的房间好。”

亚希子坐在床上。情绪上显得很兴奋，可不知为什么，她看上去有些疲惫。

“不要紧吧？看来，爬楼梯还是费体力。要不要换去楼下有榻榻米的那间屋？”

“不用，我就是有点累。二楼挺好的。这才几道楼梯呀，必须做到上下自如。躺会儿就没事了。”

“知道了。那你好好休息。”

“好。”

亚希子往床上一躺，我把门给她关上。

来到楼下，从纸箱里掏出亚希子的脏衣服，打开洗衣机。想稍事休息一下，便坐在沙发上。一坐下，昨天累积至今的紧张感消散了，疲累感一下子涌上来。英雄不在家，亚希子在家，无拘无束的感觉和叫人感到安心的感觉都很强烈。

趁衣服还没洗完，我打算稍稍打个盹。我就这样坐着，轻轻闭上眼睛。

有东西在脖子上，冰冰的。一睁开眼，英雄的脸近在眼前。我倒吸一大口凉气，飞快地蜷缩起身体。

“啊，抱歉，没想吵醒你。”

英雄的一只手扣在我喉咙处，我下意识地挥开了他的手。

“……你在干什么？”

“你看着像没了呼吸似的，吓了我一跳。我在确认脉搏啊。”

“测手腕也行吧。”

“我一直是两边都触诊的，习惯成自然了。”

“哦……”

射入客厅的阳光已然变成红色。

“糟了，太阳要落山了？洗好的衣服要皱。”

为逃避英雄，我从沙发上站起身，进了盥洗室，打开洗衣机的盖子，取出衣物。

可是，身上还残留着英雄的手抚上来的触感，脖子上直起鸡皮疙瘩。“确认脉搏”这话，是真的吗。

莫非——？

背后出现人影，我一下子回过头。英雄站在那儿。

“讨厌，你吓了我一跳。”

“呃……我想帮你来着。”

“不用。”

“不用吗？”

“嗯，没几件。”

然而，英雄却不走，依然立在当地。

“怎么？”

“谢谢。”

“哎？”

“亚希子睡着了，看上去特别幸福。你帮她重新布置过房间吧？”

“是啊……这没什么啦。”

“我一个男的，不懂这些，但还是能看出来，房间布置得很有品味。真的非常感谢。”

英雄笑了笑，走出盥洗室。

我长出一口气，轻轻摸了摸自己的脖子。可能真的多虑了。再怎么说，亚希子还在二楼呢。并且，此前我俩总是单独在一起。真想杀我，他有的是机会。

不过嘛……

目前尚且平安无事，或许是因为他还没察觉到我的想法。如果他知道我已经发现了他的秘密……

到那时——

咕噜一下，我咽下一口唾沫。

——他很可能会杀了我。

10

即使在做晚饭，精神也无法集中。

用菜刀切菜切肉时，手在抖。随后，我忽然意识到，一旦发生什么事，这东西有可能会成为凶器。

环视厨房，这里有很多凶器。菜刀自不必说，冰锥和能剪开蟹壳的锋利的厨房剪、用来锤肉使其柔软的肉锤、能扎进肉里的温度计、大理石材质的擀面杖等等，都有。英雄不在家时，我统一把这些东西收在抽屉最里面。

“饿死了。晚饭吃什么？”亚希子那安逸的声音把我拉回现实。

“汉堡肉饼配洋葱汤，还有凯撒沙拉。”

“哇，跟餐厅菜单似的。啊，我帮你端。”

亚希子兴高采烈地把盘子摆在桌子上，又盛好饭。

“我哥呢？”

“在洗澡。你睡得好吗？”

“特别香。住院时从没这么睡过，看来那会儿还是有些紧张。”

“自己的房间最棒嘛。”

洗过澡的英雄走进客厅，身上穿着睡衣，脖子上挂着毛巾。

“哥，快坐下，我都等不及了。”

“好好好。”被亚希子催促着，英雄边笑边坐下。

“唔，果然，刚出锅的饭菜就是棒！”

亚希子喝着热腾腾的洋葱汤，大口嚼汉堡肉饼。

出院前，有时会给她送去家常菜，可再怎么说路上也耽误时间，吃到嘴里，黄花菜都凉了。能让亚希子吃上热乎乎的饭菜，我打心眼里感到高兴。

“沙拉里浇的调味汁好好吃！不会是自己调的吧？好厉害！”

“哎，挺简单的。”

“喂，亚希子，别撒娇，你也学学怎么做饭，让人家教教你。”

“我不嘛。再努力，我也做不出这么好吃的东西啊，我是专门负责吃的。”

“这叫什么话。”

三个人都笑起来，和和美美，其乐融融。然而，总觉得英雄身上绷着一根弦儿。

我偷瞥了他一眼，正对上他的眼神。那是刺穿人心的视线，一种探询的视线，跟从前看我的眼神截然不同，非常明显。

“哎呀，你俩真是的，”亚希子突然哈哈大笑，“互相对视，看老半天了。”

“咦？没……”

“没有对视啦。”

我俩难为情地转开视线，各自低头，对着盘子吃饭。灯光下，英雄手里的刀叉闪着寒光。这也能成为凶器——我瑟瑟发抖，用颤抖的双手继续切汉堡肉。

吃完饭后，准备帮亚希子洗澡。

为避免人工心脏的电池被水淋湿，我把它放进防水袋里。腹部开的口子也不能弄湿，叠了好几层纱布，又用胶带固定住。虽然接受过护士的指导，可我做得还不熟练，感觉很难。

“谢谢你绘里姐，这样就行。”身上只剩胸罩和内裤的亚希子仔细检查过贴在腹部的纱布后说。

“防水袋，得带进去吧？会不会不方便？要我进去帮忙吗？”

“没事，不用，挂在花洒座上就行。”

“还能这样？”

“不过，洗完澡得帮我消一下毒。”

“那肯定。有需要就喊我，及时按呼叫按钮啊。”

叮嘱完，我关上盥洗室的门。回到客厅，坐在沙发上看报纸的英雄抬起头。

“帮大忙了。我一个男的，实在没法帮她洗澡。”

“没什么啦。我们都是女孩子，这样亚希子也能轻松点。”

我看了看水槽，正打算把晚饭时用过的碗筷洗干净，发现餐具已经洗好并放在沥水篮里了。

“呀，你洗的？”

“照顾亚希子这事给你增添了负担，相应地，我会做些力所能及的事。啊，喝不喝咖啡？我去煮。热的还是冰的？”

“热的就行，谢谢。”

我坐在沙发上。趁英雄转身背对着我，我确认了一下电视柜下面，笔记本电脑依然摆在深处，藏得很好，没有被动过的迹象。我稍稍松了口气。

“来，请。”

他把一杯香气四溢的咖啡放在咖啡桌上。只有这一杯。

“你那杯呢？”

“白天已经喝了不少，再喝，晚上会睡不着觉。”

“哦，也是。”

我直勾勾地盯着冒热气的黑色液体。

“我去屋里点些香薰精油，慢慢享受这杯咖啡。”

“嗯？啊，嗯，去吧。”

英雄微笑着，再次将目光投向报纸。

我端起马克杯，起身走上二楼，把咖啡倒进洗脸池。

亚希子洗完澡后，我帮她消毒，之后，我也洗了个澡。

吹干头发走出盥洗室后，一楼的灯全灭了，看来，那两人都睡了。

我走进厨房，打开射灯，从架子上拿出白兰地，倒进玻璃杯，倚着柜台，大口喝酒。

喉咙里一下子烧起来，脑子里麻麻的。玻璃杯空了之后，我又倒了一杯，把酒含在嘴里。

二楼有人拉开房门，从楼梯上走下来。从沉重的脚步声判断，是英雄。

“绘里，洗完澡了吗？”

来到厨房的英雄看见立在柜面上的洋酒瓶，一脸意外。

“晚酌？真少见，喝的还是烈酒。发生什么事了？”

“没什么，就是想喝。”

“哦……”

沉默。

不是让人感到舒适的沉默，而是在黑暗中拼死探询什么的紧迫感。

还有，换做平日，他会撒娇，低声说些“早点睡吧，绘里你不在我身边我好寂寞呀”之类的话。可现在，他一个字都没说。

果然，英雄和以前不同了。

被他发现了。

他全知道了。

他知道我已经察觉到他的所作所为——

心脏怦怦直跳，汗出如浆。

我必须离开这个家。再不离英雄远点——

“黑咕隆咚的，你俩在干吗？去个洗手间，就听见叽叽咕咕的声音，怪吓人的。”

我和英雄正在射灯下互相瞪视对方，仿佛在对峙。这时，亚希子带着一脸睡意，自走廊那边探出头来。

“咦，哎呀，原来是缠缠绵绵的品酒时间？打扰你们啦。”

“没有没有。”

事实上，我的确松了口气。

“嘿，我真没当电灯泡？”

亚希子笑着走到我和英雄中间，分别挽起我俩的胳膊。

“啊，在自家生活真好啊。大半夜的，也能看到自己的家人。”

“亚希子……”

仅凭这句话，我再次意识到亚希子活得有多么孤单。我和英雄一旦针锋相对，她一定很难过。为了亚希子，只有今天也好，就装一装恩爱夫妻吧。

“咱们该睡觉啦，是吧，英雄。”

我发出娇滴滴的声音。

“是啊，该睡了。”

“啊，不用在意我，你俩随意，我会戴耳塞的。”亚希子挤了挤眼。

“笨蛋，说什么呢你。”英雄笑着举起拳头，轻轻怼了怼她脑袋。

“你先上楼，我把杯子洗干净就上去。”

“明白。”

“绘里姐，晚安啦。”

我目送二人走上楼梯。厨房抽屉里塞了很多东西，我从最里面掏出一把冰锥，藏在睡衣下摆处。凉凉的尖端碰到了皮肤上。

推开卧室门，英雄已经在床上躺下了。在床头灯的照射下，他正努力紧闭双眼，我很清楚。

我轻轻走到床的另一侧，把冰锥藏在床垫下面。没选小刀之类的利刃，是因为手摸过去时有可能会摸到刀刃而不是刀柄。冰锥很容易摸出哪边是把手，不会因为握错位置而导致自己受伤。

我把灯关掉，背对英雄躺下了。垂下一只手伸到床垫旁，方便自己一伸手就摸到冰锥。做足这样的准备，应该能随时保护自己。

背后传来规律的呼吸声。可我能感觉到，英雄也没有睡着。

闹钟还没响，我就被一阵叮叮咣咣的声音吵醒了。走廊里传出的。英雄已经不在床上了。

拉开房门，英雄正在还没来得及搬进亚希子房间的纸箱里翻来覆去的找东西。

“哥你干什么呀，吵死人了。”亚希子也从屋里走出来，噘着嘴说。

“电脑呢？”

“啊？”

“笔记本电脑。不是交给你保管了吗？”

我顿时心惊肉跳。

“那东西，前几天绘里姐已经带回家了呀。”

“你说什么？”

英雄转向我，眼镜之后，双目十分冰冷。

“没有，我没带回来。”我赶忙摇头。

“绘里姐，你不是把它装进行李箱拉回来了吗？说是精密仪器就得这么办。”

“它太沉，最后我又放弃了。应该在哪个纸箱里吧。”

“原来是这样啊，那哥你加油找吧。”

“真要命，东西也太多了。”

英雄边嘟囔边一个接一个地翻箱子。然而，他的表情充满疑惑。很显然，他并不相信我说的话。

没时间悠闲度日了。再这样下去，我将毫无立足之地——

“下班回来再找吧？你要迟到了。我马上准备早饭。”

“糟糕，已经这时间了。”

英雄停止翻找，把箱子随便堆回去，回卧室换衣服去了。

我走进厨房，飞快地把早饭做好。一起吃完后，像往常一样，我在门口朝他挥手，直到看不见他。这应该是最后一次目送他上班。

回到餐厅一看，换好衣服的亚希子刚开始吃。

“我哥每天都吃这么丰盛的早餐啊？”

“一点都不丰盛啦。”

“可丰盛了！啊，好开心啊，以后每天早上都能吃到这么讲究的饭菜。”

亚希子的话令我心痛。

“我要出个门，”我说，“抱歉，有急事，今天中午不能给你做饭了，自己能行吗？”

“做碗拉面还是可以的，别管我，你去办事吧。”

“谢谢。”

我赶紧收拾好自己，走出家门。决定了，今天就搬家，再找份工作。

川崎咲花子时期住的那间公寓自然不能住进去。不找英雄找不到的地方躲，就没有意义。动用存折、借记卡或信用卡也会被发现。所以，只能立刻上班，开始赚钱。

我故意从英雄家随机换乘电车，在两小时车程外的小镇上转悠，看了好几栋建筑，找到一间面积虽小但安保设施很完善的房子，决定租下来。没有担保人给我担保，只能通过保险公司租。对方告诉我，审核资格需要等好几天。

没办法。在审核完毕拿到钥匙前，只能躲在酒店里了。

办完各种手续后，又花费两小时返回英雄家。到家时，已经六点了。趁英雄还没回来，必须赶紧收拾行李。

我蹑手蹑脚地登上二楼。想去卧室，就得经过亚希子的房间。如果门关着，我就悄悄收拾好，离开这里，可门偏偏开着，那就表现得自然一点吧。

“我回来啦。”

朝屋里一看，亚希子正坐在床上，对着自己的电脑。

“啊，回来啦。”

“你在干什么？”

“写简历，往在线招聘网站上放。”

“哦。”

任何情况下，亚希子都这样积极向上，真耀眼。

“那我帮你关上门，认真写。”

至少要亲眼看到亚希子安安稳稳地生活——原本是这样打算的。我边想边关上门。

走进卧室，把换洗衣物等私人物品放进行李箱，又把能找到的现金都集中在一起。

还有什么重要物品没带上吗？我在卧室跟客厅里来回转悠。忽然，我把目光转向电视柜下方。

为慎重起见，我决定复制一下里面的数据。把笔记本电脑拽出来，放在咖啡桌上，启动后插入 U 盘，把所有文件夹都拷贝进来。图片太多，读取很花时间。

我焦急地等待着。这时，亚希子从楼上下来了。慌慌张张合上笔记本电脑时，亚希子正好走进客厅。

“哎，绘里姐，晚饭——咦？这不是我哥的电脑吗。找到啦！太好了。”

“是啊，刚刚找到的。”

“我哥怎么就找得那么费劲。在哪里找到的？”

“装点滴袋的箱子里。”

“啊？那个箱子已经翻遍啦。”

“啊，记错了，在装针头的箱子里。”

“那个箱子也翻过呀。”

“是吗？总之，是从某个箱子里——”

“绘里姐，你真是，”不知为什么，亚希子一脸悲痛，表情扭曲，“……够啦，不用再装了。”

“咦？”

亚希子坐在我身边，把 U 盘从电脑上拔下来。

“大前天傍晚，前天深夜，还有刚才。”

“什么意思？”

“你打开电脑查看里面内容的时间。”

我脸色一白，血色尽失。

“亚希子，你怎么会……”

“把电脑交给你之前，我已经植入监控程序了。你在干什么，程序都会给我的电脑发通知。”

我顿时无言以对，又设法重振精神。

“那不是我呀，是英雄。其实他早就找到电脑了，就是想逗你——”

“摄像头，”亚希子打断我，打开电脑，指了指某个小镜头，“我可以远程操作。绘里姐，你的脸被拍了，清清楚楚的。”

难以置信——我无话可讲，只得抱着这样的想法望着她。亚希子的眼珠十分清澈，简直毫无感情。她死死地盯着我看。

“绘里姐……你到底是谁？”

11

沉默弥漫在空气中，气氛凝重。亚希子又一次打量我，仿佛对已然僵硬的我感到不耐烦。

“说啊绘里姐，你到底是什么人？有什么目的？”

“……你误会了。”

好不容易才挤出一句话。亚希子歪着头看我，像是在说“不明白你是什么意思”。

“亚希子，你误会我了。这电脑，我只是打开看一下，因为我觉得，英雄好像有事瞒我。把电脑交给你保管，听上去不就是不想让我找到这电脑吗？我很担心，不知道他是不是有外遇——”

“得了，别演了，”亚希子一脸苦笑，“这电脑就是张石蕊试纸。”

“……石蕊试纸？”

“嗯。判定绘里姐你到底是敌是友的石蕊试纸。”

“什么意思？”

“刚才不是说过吗，只要你打开电脑，程序就会给我的电脑发通知。你看了什么文件，做了什么操作，我知道得一清二楚。大前天和前天，你只是看，并没有做过什么，对吧。我很喜欢你，绘里姐。我希望你接下去不要有任何动作、希望你是‘友’，可你刚才插上U盘开始拷贝数据了，对吧？那么，你完美出局。”

“啊，我那是……”

我想找借口分辨，却找不到。

“从一开始，我就不相信你。”

“啊？”

“哥哥说要结婚时，我特别高兴，心想，我哥终于能过上幸福的日子、终于遇见了能够理解他的人。然而，见到你那会儿，我马上就明白了，这想法大错特错，因为……”亚希子顿了一下，再次转向我，“因为绘里姐你当时根本就没有爱上我哥。”

我想否定这句话，却无话可说。

“看吧，”亚希子发出一声冷笑，“这不是很清楚吗？嘴里再怎么念叨着喜欢，说想和我哥在一起，可你看我哥的眼神总是特别冷，叫人心寒，像看什么脏东西似的。稍稍和我哥有些身体接触，就赶紧躲开，尽量不跟我哥对视。”

我无言以对，不禁低下了头。亚希子冷静地观察我的反应。

“为什么不爱对方还要和对方结婚、和对方一起生活呢？我觉得很奇怪。所以，我一直在监视你。”

“……咦？”

“你没注意吧？第一次给你发短信时，我也发了木马程序，它能让我看到你的手机界面。此后，你每天都对着我哥的存折拍照片，上网查他的信用卡明细，搜索我们家的来龙去脉和哥哥的信息，怪吓人的。”

连这些都知道了？喉咙里异常干涩。

“不过呢，”亚希子的语调带着一丝悲伤，“装着装着，你真的爱上我哥了，对吧？”

“啊……”

“这我也看得很明白。跟哥哥说话时，你的表情变了，变得很开心，很可爱，而且，你不再调查他了。我特别高兴。我想，你可能已经放下过去，或许已将过去发生的事一笔勾销，今后，你也许会作为我们的家人，和我们安安稳稳地生活在一起，所以——”

亚希子从我手中抢过电脑，站起身来。

“所以，我把这个给你了，希望你什么都不要做。你却……真可惜。”

亚希子举起笔记本电脑，狠狠地摔在地板上。这东西竟然很坚固，毫无损坏迹象。不过，亚希子这毫无预警的骤变，着实令人起鸡皮疙瘩。

“还有，绘里姐，你在房间里藏了一把凶器，是不是？”

凌乱不堪的长发中，亚希子那锐利的目光正在打量我。

“感觉到自己有危险是吧？这就是做了亏心事的证据。”

"那个是……"

"刚才，我在你卧室里搜出这个。"

亚希子从裙子上的口袋里掏出冰锥。

"没有这东西护身，你就睡不着觉？怕成这样？绘里姐你可真是……相当胆小嘛。"

她用冰锥尖端对准我，慢慢向我靠近。我下意识地站起来，向后退了几步。

"绘里姐，你为什么要陷害我哥？"

"我没陷害过他，真的。"

"那你为什么要接近他？你是记者？"

我盯着冰锥那锋利的尖端，一步一步向后退，避免刺激到亚希子。

"我不是记者。"

"那你是谁？"

"我、我——"

怎么可能对她说出实情。亚希子的情绪看上去更加激动。

"看吧！还不是答不出。"她冷笑一声，"绘里姐，我哥杀过人的事，你已经知道了吧？所以，一直在寻找证据。"

尽管亚希子用凶器对准我，我已被逼入绝境，但她这句话还是令我倒吸一口凉气。

"英雄他……杀过人？"

"事到如今，还装什么傻。"

"等等，他真的杀过人？"

“你不是知道吗？就因为知道，才接近我哥，不是吗？”

我感到天旋地转。果然，英雄是杀人犯。明明预料到了，也做好了心理准备，可亲耳听见这事实，我仍然备受打击。

“如果哥哥因杀人而被警察抓走，就麻烦了。我拖着这么个身体，一个人可活不下去。自打发生那件事后，我一直提心吊胆地活着，可时间一长，我也就放心了，心想，没事了，安稳的人生已经到来。可在这个节骨眼上，绘里姐你出现了。你为什么非要现在出现？为什么你就不能放过我们？”

“等等，亚希子，你冷静点！”

“你不可能握有证据。哥哥说了，当时，车也好沾了血的衣服也好，都处理过了，也没有目击者。虽然他是这么告知我，想让我活下来，可他毕竟是个外行，说不定留下过什么意想不到的决定性证据——这么一想，真的很害怕。绘里姐，你到底找到些什么证据？”

“你说的‘车’是什么意思？”

亚希子惊讶地捂了捂嘴。

“我话太多啦。刚意识到，一直叨叨个没完的人是我啊。勾引他人说话，是你的战术？”

“哪有这种事。亚希子，人真的是英雄杀的？”

“我不会再上你的当了。绘里姐，我不会让你踏出这个家门半步。”

“你是想……杀了我？”

亚希子一言不发，逐渐向我逼近。

“亚希子，快住手！你在家里杀了我……怎么收场？”

“不知道。不过，哥哥一定会有办法。”

“英雄……？这么说，他知道你要杀我？”

“我不会再跟你废话。”

亚希子抿着嘴，缩短和我之间的距离。一想到英雄也盼着我死，我就很震惊。

果然，他的温柔，他的爱情，全是谎言。他真的是杀人犯，并且，想连我也一起抹杀。

已经打心眼里爱上了他，他却……

建立在彼此都编造谎言上的夫妻关系，不可能孕育出真实的爱。

我是医生嘛，要杀人，就会做得无人怀疑、天衣无缝，还能干脆利落地解剖尸体呢——想起他以前半开玩笑时说过的话，我吓得发抖。

后背顶到了厨房柜台上。柜面上摆着装满水果和蔬菜的玻璃瓶，瓶子像多米诺骨牌一样滚落，在地板上摔得粉碎。趁亚希子不注意，我想要逃跑，然而脚在湿滑的地面上打了滑，玻璃碎片扎进我的手和膝盖。我躺在地上，疼得动弹不得。

狭窄的视线范围内，只见亚希子手握冰锥，高高地举过头顶。

死定了——

刚闭上眼，就感觉什么东西覆在了我身上。

低低的呻吟声传来。

亚希子发出震耳欲聋的惨叫声。

发生什么事了？

我战战兢兢地睁开眼，发现英雄就倒在我身边。

“哥！哥！”亚希子已是半癫狂状，抱住英雄。我连忙坐起身，也抱起英雄。这时我才发现，冰锥扎进了英雄前胸，血正在往外冒。

“唉……这个伤……大概伤到了肺部。”

英雄故意用轻快的语调说话，可他又是如此痛苦。

“亚希子，快叫救护车！”

“啊，对对，我叫。”

亚希子陷入慌乱，但仍从一片狼藉的客厅中找到自己的手机，用颤抖的手指按下那几个数字。

“救护车呢！快派一辆呀！”亚希子朝话筒那边喊，“出了好多血，而且——”

“亚希子，先把家里地址告诉接线员！”我叫道。

英雄听我这么说，虚弱地笑了笑：“你还记得我说过的话呢。”

亚希子快速念了一遍地址，又根据对方的问话答了伤口状态和出血情况等问题。跟接线员说完一通后，她扔下一句“我去外头等着，好让救护车马上找到咱们。绘里姐，我哥就拜托你了”，飞快地跑出门。

亚希子出去后，英雄握住我的手。那只手非常冰冷，还在颤抖。

“吓死我了。我想和你谈一谈，回家一看，你和亚希子正在起争执……你没受伤就好。绘里，对不起啊，原谅亚希子吧，我想，她是在用她的方式来保护我。”

“英雄，为什么要说这种像——”

“这样也好。安逸的生活结束了，因为偿还罪孽的时刻终于来到了。”

“什么意思？”

“我不是说过吗，我没有资格去爱一个人，也没有资格得到他人的爱、没有资格获得幸福。我……我杀过人。”

“你是说，你真的把——”

“对。”

英雄的喉咙里涌出一大口鲜血，血把嘴角染得通红。

“够了，不许再说话。就算杀了忠时的的确是你——”

“……忠时？哎……不，我说的不是他啊。”

“可你刚才明明说——”

“我没有杀忠时。”

说着，他剧烈地咳嗽起来。

“到底是怎么回事？我听不明白。”

“亚希子就拜托你照顾了，”英雄紧紧握住我的手，“还有……”

“什么？”

“……咲花子小姐。”

“咦？”我吓了一跳。

“你是……川崎咲花子吧？”

我不禁哑口无言。

“果然……”英雄虚弱地笑了笑，“我一直想给你道歉。我、我杀的人……是你父亲。”

12

到底等了多久呢。

回过神来，已身在医院走廊中，眼前是亮起的红灯，显示“手术中”。

亚希子本该一起过来，怎么只有我自己在这里呢——想了想，记起来了。她因受到打击而陷入半癫狂状态，医生给她打了镇静剂，她正在病房里躺着。

从救护车赶来到此刻站在这里，脑子里一直晕晕沉沉的，像从水下看世界一样。救护车里，亚希子握着英雄的手边哭边喊，我坐在她身边，翻来覆去地琢磨英雄说的话到底是什么意思。英雄和医护人员解释，说自己正打算寻死，但我俩赶来制止他，三人互相推搡，酿成了这样的结果。亚希子想说话，英雄用温柔的目光制止了她，随后，英雄陷入昏迷。

是空调给得太猛吗，走廊里特别冷。不，并非如此。一定是身上的血液都被抽离了。

我的手在抖，手里捏着一个信封。捏得太紧，信封已经皱巴巴的了。被抬上救护车前，英雄对我说，问诊箱里有封信，你看一看。

一个规规矩矩的、非常乏味的白色信封。都这个时候了，还是禁不住要苦笑一声——这信封，很“英雄范儿”。

信里到底写了些什么呢？我害怕读这封信，却又不得不读。走廊里寒气逼人，令人直打寒噤，手里却湿乎乎的，冷汗直流。我拆开信封，拿出信纸。

如果你不是川崎咲花子，请不要读这封信，扔掉它。

可如果你是……我请求你，一定要把这封信完完整整地读完。

我没有亲口向你诉说的勇气，所以，决定写封信给你。

以下是我的忏悔。

还是个医学生时，我真的很郁闷。为什么要当医生？为什么必须这样拼命地学习？我一直很不满。在父母施加的压力下，从上小学起，我就只会学习学习再学习。即使进了医学部，也没有找到任何人生意义，唯一的消遣就是玩飞车，在山路和山口上猛开，发泄不满。现在看来，当初我真的很幼稚。没错，我从未经受过挫折，在蜜罐里长大，曾是个无可救药的人。

那天晚上，亚希子说想坐我的车。这要求很少见。我让她坐在副驾上，像平时一样——不，我开得比平时还要快。我想，或许亚希子偶尔也想忘记自己有个不自由的身体，想要放飞自我。

然而，中途，亚希子忽然说自己很难受。她脸色铁青，呼吸困难，没过多久，就翻了个白眼，晕了过去。

我急了，赶紧往山下开。倒霉的是，开始下雨，我看不清路，路也很曲折。忽然，我感到车身受到一股强烈的撞击。我赶紧踩刹车，下车一看，一个男人躺在地上。我想救他，可抱起他一看，内脏都被撞烂了，人已经奄奄一息。

脑中一片空白。亚希子正有气无力地瘫在副驾上，要是先报警再耽误半天，她说不定就死了。我也考虑过要不要把这男人弄上车一起带到山下，可很显然，他已经没救了。

我决定逃跑。当然，会下这决定，有一部分因素是为了救亚希子，但其实，是我想逃避那个现场、逃避我杀了人这一事实。我真是个卑鄙无耻的家伙，对吧？

好不容易赶到医院，亚希子总算保住一条命。松了一口气后，我又自说自话般关心起被我丢弃在夜路上的男人。我查过报纸，报纸上登了一条不起眼的新闻，内容是肇事逃逸，那男人死了。虽说已预料到了结果，我还是很震惊。我坐立不安，想去他家看看。并不是去登门谢罪的，我只是在想，不管怎样，必须亲眼看一看自己做过的事导致了什么样的后果。

那天，他家刚好在举行葬礼。他女儿，一个十岁左右的小女孩哇哇大哭，“爸爸，爸爸”地喊着。听说，这家人是父女二人相依为命。我还听见无比现实的谈话内容——是把她交给亲戚收养，还是把她送到孤儿院？

我崩溃了。这是造了什么孽啊！我再次认识到自己的罪孽有多深重。我夺走了这女孩唯一的亲人。和她一样，我母亲也很早就去世了，我能感同身受。

回到家后，我立刻找父亲和亚希子谈这件事，说要自首。可两人都强烈反对，特别是亚希子。她是这么说的。

“都是因为我，哥你才出了这次意外。那男人真的很可怜，但是，已经无法挽回了，我们无能为力。如果当时你不逃走，我肯定会一命呜呼。”

那段日子，我父亲刚被查出身患重病，时日无多。

“剩我一个人，我怎么活？”亚希子说。

我接受了亚希子的请求。——不，那只是借口。说到底，我是在溺爱自己。

我害怕自己的罪孽暴露在人前，害怕自己成为杀人犯。我不自首，无非是想保护自己。

自那之后，我开始发奋念书。我想拯救更多人的性命，用这个来补偿那一晚我夺走的那条人命。我很清楚，即使这样做，也不代表我的罪孽会消失。这种赎罪法，不过是在自弹自唱。

之后，算是一点赎罪吧，时不时地，我会去瞧咲花子。她能健康地活着，我就放心了。虽然送不到她手上，不过，我开始存抚恤金了。

再然后，咲花子搬到了东京。咲花子交上男朋友——也就是忠时——的时候，我很担心。别是什么坏人吧？我天天提心吊胆的。不过，观察了一阵子后，我发现对方很靠谱，打心眼里爱着咲花子。我放心了。同时，也感到很寂寞。不知从何时起，我已经把咲花子当成了最珍爱的妹妹来看待。

知道忠时在找工作后，我跟相熟的药企打了招呼，让他们去学校招人。这家公司只招聘有大学学历的人，一开始，并不情愿招聘他。不过，实际一面试，他们发现忠时是个人才，相当感谢我。

后来，他俩结婚了。既然能保护咲花子的人出现了，我就没必要再暗中护着她了。抚恤金固然还在存，但我没有再去探望咲花子，因此，我并不知道忠时被裁员的事。公司被外资企业收购，这我有所耳闻，可我做梦也没想到，新领导班子能干出强行塞人再强行开人的事。

急匆匆地赶去看情况时，忠时已在重新求职时遭遇滑铁卢。因生活窘迫，他开始干近乎诈骗的事。我觉得这太危险，遂主动和他打招呼，对他说，我正在寻找合作伙伴，资金我出，要不要一起合伙做点事？我想，这是个好机会，可以把交不到咲花子手上的抚恤金送出去。

他问我，你是做什么生意的？好像对我有所怀疑。理所当然。一个男人，根本不认识，突然跑来说“一起做生意吧”，不怀疑才怪。我找不到话题接，很着急。信口开河的话，他会起疑心。为什么想做这门生意——这理由如果没有说服力，他就不会参与进来。我一着急，“开发人工心脏”这说辞脱口而出。我和他解释，说做这个是为了自己的妹妹。他流着泪对我说，一定会把这事做成。

我是医生，有知识有资金，但没有做生意的经验，因此，说了些堂而皇之的话，说自己希望在财务层面上给予协助。然后，我找了个借口，说希望他能集中精神搞这个新项目，给了他一笔清算旧项目的钱。他立刻把本金和红利返还给被他骗过的人。这样，就不用担心他会因涉嫌诈骗而被起诉。

之后，我准备好人工心脏方面的资料，交给了他，对他说，希望他以此为基础制作演讲材料和宣传手册，并把一直在存的三千万也交到他手上。终于有机会把抚恤金间接转给咲花子，我很开心。

忠时是个相处起来很舒服的人。虽然调皮，但脑子转得很快，有男人味，怪不得咲花子会喜欢他。他对亚希子也很温柔，说想救亚希子，想开发出划时代的人工心脏，干劲十足。

可是，渐渐的，忠时开始怀疑这件事。因为我的目的只是给钱，并不是真心做开发，不但不招聘人手，连个像样的研究设施都不租。忠时说要找一找政府补助，试着申请，我却含糊其辞，避而不谈，只交给他一些准备好的、冠冕堂皇的资料和数据。

这件事有内情——

忠时开始怀疑自己是否卷入了洗钱或别的什么麻烦事中。除制作宣传手册外，什么都不用做，却被告知可以自由支配三千万，天底下哪有这种好事？所以，那天——就是忠时死去的那天——他跟我说，他彻底不干了。

我慌了。好不容易才找到借口把抚恤金交到咲花子手上，这怎么行。一开始，我用“没什么内情，项目即将正式启动，加油干”说服了他，可大概因为这说辞越听越可疑，无论如何，他坚持退出。

没办法，我只得说出实情。他很吃惊，随后，勃然大怒，说将咲花子的人生搅和得乱七八糟的人，是我。“你想过没有，咲花子是怀着怎样的心情活到现在的？”唉，他骂得对。

他越来越生气，说不会再要我的钱，让我别再出现在他面前，说完，就离店了。我慌慌张张地追上去，追到他用来办公的那间公寓前。我站在公寓下，他打开窗户，把我给他的 U 盘一个接一个地扔下来，里面全都是数据。

我正在到处捡 U 盘，突然，他摔了下来，就摔在我眼前。我瞬间宕机，不明白发生了什么事。或许是因为喝了酒，带着酒劲，人没站稳？我脑中一片空白，心想，为了咲花子，必须想尽一切方法把他救回来。可最终，他还是……

又让咲花子失去了幸福——我无法原谅自己。

只要一靠近咲花子，她就会倒大霉。我想让咲花子过得幸福，所以，一直在守护她，可我又一次把她的人生给糟蹋了。

被警方释放后，我想，这次更该补偿咲花子。为让咲花子过得好而给忠时汇过去的那笔钱，经警方介入，退回到我的账户。我决定把这笔钱交给咲花子，把来龙去脉都告诉她，求她宽恕我。我知道她会赶我走，但我还是鼓起勇气去了她家公寓，然而，她已经下落不明了。

我拼命寻找咲花子的行踪，不但委托征信所查，自己也到处奔走。我一直很担心她，想知道她是否还健康幸福地活着。

这时，绘里出现了。我严词拒绝了你，对吧。我满脑子都在惦记咲花子，根本顾不上自己。这主要是因为，我觉得自己这种人不配得到幸福。可是，时间一天天过去，绘里融化了我的心。我依然在搜寻咲花子的踪迹，可渐渐地，我被绘里吸引了。我是不是也可以把目光转向未来？我生出了这样的想法。

我简直蠢得要命。

我的婚姻生活非常非常幸福——直到我察觉到，绘里其实就是咲花子。

你晕倒的那天，我很担心，彻底检查了一下你的头部。就在那时，我发现你头皮上有做过手术的痕迹。或许她的头部以前有病变？莫非这与你晕倒有直接关系？担心归担心，但仔细查看两颊、下巴和耳后发现均有动过手术的痕迹，我便认为，这只是个整容手术。这事是叫人意外，但在我看来，不管做没做过整容，只要你还健康，就无所谓。当时，我根本没多想。

可是，跟后援会的代表提起绘里时，对方却告诉我，名册上没有这一姓名——仿佛点连成线一般，我开始想，也许绘里就是咲花子？

这怎么可能？不可能的。难道说——同时，我也在否认这一点。然而，一旦兴起那样的想法，就无法不顺着思路往下琢磨，我的疑虑越来越深。

如果你就是咲花子，那么，伪装成他人跟我结婚，理由只有一个——为了制裁我。

当我在卧室里找到你藏起来的冰锥时，我明白，我的婚姻生活已接近尾声。被你杀死，我心甘情愿，但是，我不能弄脏你的手。

因此，我写下这封信。我已经放弃逃避，打算去自首，好偿还我的罪孽。

我好喜欢你。我们的婚姻生活真的很快乐，即使那都是些假象。谢谢你曾给与我幸福。

啪地一下，红色的灯光消失了，我抬起头。

“您是他夫人吗？”

身着手术服的医生出现了。医生摘下口罩，表情凝重。我什么都明白了。

少倾，我见到了英雄。他脸色苍白，表情平静。

“英雄……？”

英雄脸上流下了眼泪——本以为那是他的，但其实，那是自我脸颊上滑落下来的泪水。

“英雄……为什么我们……非要以这样的方式……擦身而过呢……”

我抱着他那冰冷的身体，静静地哭泣着。

13

我站在悬崖上，俯视大海。秋老虎依然凶猛，海面上吹来的海风也带着温热。我擦擦汗，凝视着地平线。火红的夕阳熊熊燃烧着，散发出令人窒息的热气。

“做好心理准备了吗？”站在我身边的亚希子问。

“……嗯。”

听到我回话，亚希子用颤抖的双手掀开盖子，打开抱在胸前的、上过漆的小罐子。我也用手扶住罐子，想确认她的想法。她点了点头。我俩把罐子口朝下，面向大海。哗啦一下，白色细沙模样的东西随风起舞。

我俩一次又一次地重复着，直到罐子里空空如也。每次重复，“细沙”都在空中飞舞，御风而行，不久后，便散落到海里。

啊，简直和那时的场景一模一样。

像骨瓷残骸一样。那时，我满心憎恨，非常痛苦。如今，憎恨就这样摔得粉碎，慢慢消散。这是英雄的骨灰。

也是我那名为憎恨的骨灰。

残骸和风一起嬉戏，边玩闹边消失在空气中，消失在大海里。

“哥哥……哥哥……对不起，再见了。”

亚希子呜咽着，瘫坐在地。

我跪在亚希子身边，轻轻抱住她肩膀。她哭得更厉害了。

我把脸埋在亚希子的头发里，陪着她一起哭。

亚希子没有被问罪。就算英雄宣称自己是自杀，警方也会把这件事归于非正常死亡，进行搜查。我和亚希子都被叫去问话，但我俩遵循英雄的遗嘱，一遍又一遍地重复自杀的说法，最终，此事被当做自杀处理。警方认定，英雄过去曾因交通肇事逃逸害死一位男性，时间一长产生心病，一时冲动选择自杀。我也是这么想的——从某种意义上说，这或许的确是英雄所期盼的死亡方式。

“绘里姐……咲花子姐，”亚希子哭了一会儿，擦擦眼泪看着我，“你恨我哥吗？”

我再次将视线转向大海。

我不知道。

英雄夺走了我最重要的家人，搅乱了我的人生，这毋庸置疑。

是恨他，还是爱他？

是悲惨，还是幸福？

是该哭，还是该笑？

是卑鄙，还是纯洁？

是软弱，还是强大？

是愚蠢，还是聪慧？

是身处地狱，还是如在天堂？

一切的一切，都没有答案。

我落入这山谷，我奋力抗争，我只能挣扎着活下去。我想从山谷间爬上去，却遍体鳞伤，有时还会流血。我早已做好准备，知道自己一直在找寻那永远也找不到的答案。

我将视线转向已被染成红色的地平线，亚希子似乎也被那红色吸引，望向海面。

我俩依偎在一起，久久眺望那灿然生辉的、缓缓落下的夕阳。

夏日炎热。

热到将一个男人的人生燃烧殆尽。

热到将这男人的音容笑貌刻进一个女人的心里，如同烙下烙印。

然后，这个夏天，很快就要结束了。

创美工厂 | 好看

出品人：许　永
出版统筹：海　云
责任编辑：许宗华
特邀编辑：王佩佩
装帧设计：李双鑫
内文排版：万　雪
印制总监：蒋　波
发行总监：田峰峥

投稿信箱：cmsdbj@163.com
发　　行：北京创美汇品图书有限公司
发行热线：010-59799930

创美工厂
微信公众平台

创美工厂
官方微博